A LENTIDÃO

MILAN KUNDERA

A LENTIDÃO

Tradução
Maria Luiza Newlands da Silveira
Teresa Bulhões Carvalho da Fonseca

2ª reimpressão

Copyright © 1995 by Milan Kundera
Proibida toda e qualquer adaptação da obra

*Grafia atualizada segundo o Acordo Ortográfico da Língua Portuguesa de 1990,
que entrou em vigor no Brasil em 2009.*

Título original
La lenteur

Capa
Jeff Fisher

Preparação
Silvana Afram

Revisão
Larissa Lino Barbosa
Renato Potenza Rodrigues

Dados Internacionais de Catalogação na Publicação (CIP)
(Câmara Brasileira do Livro, SP, Brasil)

Kundera, Milan
   A lentidão / Milan Kundera ; tradução Maria Luiza Newlands
da Silveira, Teresa Bulhões Carvalho da Fonseca. — São Paulo :
Companhia das Letras, 2011.

   Título original: La lenteur.
   ISBN 978-85-359-1912-7

   1. Romance tcheco I. Título.

11-05947   CDD-891.863

Índice para catálogo sistemático:
1. Romances : Literatura tcheca 891.863

2017

Todos os direitos desta edição reservados à
EDITORA SCHWARCZ S.A.
Rua Bandeira Paulista, 702, cj. 32
04532-002 — São Paulo — SP
Telefone: (11) 3707-3500
www.companhiadasletras.com.br
www.blogdacompanhia.com.br

A LENTIDÃO

1

Sentimos vontade de passar a tarde e a noite num castelo. Muitos deles, na França, foram transformados em hotéis: um quadrado verde perdido numa extensão de feiura desprovida de verde; uma pequena extensão de aleias, de árvores, de pássaros no meio de uma imensa rede de estradas. Estou dirigindo e, pelo retrovisor, observo um carro atrás de mim. A pequena luz à esquerda pisca e o carro todo emite ondas de impaciência. O motorista espera a oportunidade de me ultrapassar; espera esse momento como uma ave de rapina espreita um pássaro.

Vera, minha mulher, me diz: "A cada cinquenta minutos morre um homem nas estradas da França. Repare bem nesses loucos em volta de nós. São exatamente os mesmos que se comportam com uma prudência extraordinária quando uma senhora de idade é assaltada diante deles na rua. Como podem não ter medo quando estão dirigindo?".

O que responder? Talvez isso: o homem curvado em sua motocicleta só pode se concentrar naquele exato momento de seu voo; agarra-se a um fragmento retirado tanto do passado quanto do futuro; é arrancado da continuidade do tempo; está fora do tempo; em outras palavras, está num estado de êxtase; em tal estado, não sabe nada de sua idade, nada de sua mulher, nada de seus filhos, nada de suas preocupações e, portanto, não tem medo, pois a fonte do medo está no futuro e quem se liberta do futuro nada tem a temer.

A velocidade é a forma de êxtase que a revolução técnica

deu de presente ao homem. Ao contrário do motociclista, quem corre a pé está sempre presente em seu corpo, forçado a pensar sempre em suas bolhas, em seu fôlego; quando corre, sente seu peso, sua idade, consciente mais do que nunca de si mesmo e do tempo de sua vida. Tudo muda quando o homem delega a uma máquina a faculdade de ser veloz: a partir de então, seu próprio corpo fica fora do jogo e ele se entrega a uma velocidade que é incorpórea, imaterial, velocidade pura, velocidade em si mesma, velocidade êxtase.

Curiosa aliança: a fria impessoalidade da técnica e as chamas do êxtase. Lembro-me daquela americana que, há trinta anos, com expressão severa e entusiasmada, uma espécie de *apparatchik* do erotismo, me deu uma aula (glacialmente teórica) sobre a liberação sexual; a palavra que surgia com maior frequência em seu discurso era a palavra orgasmo; eu contei: quarenta e três vezes. O culto do orgasmo: o utilitarismo puritano projetado na vida sexual; a eficácia em contraposição à ociosidade; o coito reduzido a um obstáculo que é preciso ultrapassar o mais rápido possível para chegar a uma explosão extática, único objetivo verdadeiro do amor e do universo.

Por que o prazer da lentidão desapareceu? Ah, para onde foram aqueles que antigamente gostavam de flanar? Onde estão eles, aqueles heróis preguiçosos das canções populares, aqueles vagabundos que vagavam de moinho em moinho e dormiam sob as estrelas? Será que desapareceram junto com as veredas campestres, os prados e as clareiras, com a natureza? Um provérbio tcheco define a doce ociosidade deles com uma metáfora: eles estão contemplando as janelas de Deus. Aquele que contempla as janelas de Deus não se aborrece; é feliz. Em nosso mundo, a ociosidade transformou-se em desocupação, o que é uma coisa inteiramente diferente; o desocupado fica frustrado, se aborrece, está constantemente à procura do movimento que lhe falta.

Olho pelo retrovisor: ainda é o mesmo carro, que não pode me ultrapassar por causa do trânsito no sentido contrário. Ao lado do motorista está sentada uma mulher; por que será que o homem não lhe conta alguma coisa engraçada? Por que não põe a mão no joelho dela? Em vez disso, amaldiçoa o motorista que, diante dele, não anda rápido o bastante, e a mulher também não pensa em tocá-lo com a mão, dirige mentalmente com ele e também me amaldiçoa.

E penso naquela outra viagem de Paris para um castelo no campo que aconteceu há mais de duzentos anos, a viagem de Madame de T. e do jovem cavalheiro que a acompanhava. É a primeira vez que estão tão perto um do outro, e a indizível atmosfera de sensualidade que os cerca nasce justamente da lentidão da cadência: balançados pelo movimento da carruagem, os dois corpos se tocam, primeiro sem querer, depois querendo, e a história começa.

2

Eis o que narra o conto de Vivant Denon: um fidalgo de vinte anos está certa noite no teatro. (Nem seu nome nem seu título são mencionados, mas eu o imagino um cavalheiro.) No camarote vizinho, vê uma mulher (o conto indica apenas a primeira letra de seu nome: Madame de T.): é uma amiga da condessa que é a amante do cavalheiro. Ela pede que ele a acompanhe depois do espetáculo. Surpreso com esse comportamento decidido e mais confuso ainda porque conhece o favorito de Madame de T., um certo marquês (não sabemos seu nome; entramos no mundo dos segredos, onde não existem nomes), o cavalheiro, sem compreender nada, se vê na carruagem ao lado da bela mulher. Depois de uma viagem doce e agradável, a carruagem para no campo, diante da escadaria do castelo onde, aborrecido, o marido de Madame de T. os recebe. Os três jantam num ambiente taciturno e sinistro, depois o marido pede desculpas e os deixa a sós.

Nesse momento, começa a noite deles: uma noite composta como um tríptico, uma noite que é como um percurso em três etapas: primeiro, passeiam no parque; em seguida, fazem amor num pavilhão; e finalmente continuam a se amar num quarto secreto do castelo.

De manhã bem cedo, eles se separam. Sem conseguir encontrar seu quarto no labirinto de corredores, o cavalheiro volta para o parque onde, espantado, encontra o marquês, o mesmo que ele sabe que é o amante de Madame de T. O marquês, que acaba de chegar ao castelo, cumprimenta-o alegremente e explica a razão do convite misterioso: Madame de T. precisava de alguém que servisse de biombo para que ele, o marquês, continuasse insuspeito aos olhos do marido. Satisfeito que a farsa tivesse dado certo, ele caçoa do cavalheiro que foi obrigado a cumprir a missão bastante ridícula de falso amante. Este, cansado depois da noite de amor, volta para Paris na carruagem que o marquês, agradecido, lhe oferece.

Intitulado *Point de lendemain*, o conto foi publicado pela primeira vez em 1777; o nome do autor foi substituído (já que estamos no mundo dos segredos) por seis maiúsculas enigmáticas, M.D.C.O.D.R., em que se pode ler "M. Denon, Cavalheiro Ordinário do Rei". Depois, com uma tiragem minúscula, e de modo totalmente anônimo, foi republicado em 1779, antes de reaparecer no ano seguinte sob o nome de outro escritor. Novas edições surgiram em 1802 e em 1812, ainda sem o verdadeiro nome do autor; finalmente, depois de um esquecimento que durou meio século, reapareceu em 1866. A partir daí, foi atribuído a Vivant Denon e, no decorrer de nosso século, ganhou fama sempre crescente. Está hoje em dia entre as obras literárias que parecem melhor representar a arte e o espírito do século XVIII.

3

Na linguagem corrente, a noção de hedonismo designa uma inclinação amoral para uma vida voltada para o prazer, até mesmo para o vício. Certamente a noção é inexata: Epicuro, o primeiro grande teórico do prazer, entendeu a vida feliz de um modo extremamente cético: sente prazer aquele que não sofre. É o sofrimento, portanto, que é a noção fundamental do hedonismo: somos felizes na medida em que sabemos afastar o sofrimento; e como os prazeres trazem muitas vezes mais infelicidade do que felicidade, Epicuro não recomenda senão os prazeres modestos e prudentes. A sabedoria epicurista tem um fundo melancólico: atirado à miséria do mundo, o homem constata que o único valor evidente e seguro é o prazer, mesmo pequeno, que ele próprio pode sentir: um gole de água fresca, um olhar para o céu (para as janelas de Deus), uma carícia.

Modestos ou não, os prazeres só pertencem àquele que os experimenta, e um filósofo, com toda razão, poderia criticar no hedonismo seu fundamento egoísta. Entretanto, na minha opinião, não é o egoísmo que é o calcanhar de Aquiles do hedonismo, mas seu caráter (ah, tomara que eu esteja enganado!) desesperadamente utópico: na verdade, duvido que o ideal hedonista possa se realizar; receio que a vida que ele nos recomenda não seja compatível com a natureza humana.

O século XVIII, com sua arte, fez com que os prazeres saíssem da bruma das interdições morais; fez nascer a atitude que chamamos de libertina e que emana dos quadros de Fragonard, de Watteau, das páginas de Sade, de Crébillon filho e de Duclos. É por isso que o meu jovem amigo Vincent adora esse século e, se pudesse, usaria como distintivo na lapela de seu casaco o perfil do marquês de Sade. Compartilho de sua admiração mas acrescento (sem porém ser ouvido) que a verdadeira grandeza dessa arte não reside numa propaganda qualquer do hedonismo, mas em sua análise. É essa a razão pela qual considero *As ligações perigosas* de Choderlos de Laclos um dos maiores romances de todos os tempos.

Seus personagens não se ocupam senão da conquista do prazer. No entanto, pouco a pouco, o leitor compreende que é menos o prazer e mais a conquista que os tenta. Que não é o desejo de prazer, mas o desejo de vitória que conduz a dança. Que aquilo que aparece primeiro como um jogo alegre e obsceno se transforma imperceptível e inevitavelmente numa luta de vida e de morte. Mas o que tem em comum a luta com o hedonismo? Epicuro escreveu: "O homem sábio não procura nenhuma atividade ligada à luta".

A forma epistolar das *Ligações perigosas* não é um simples procedimento técnico que poderia ser substituído por outro. Essa forma é eloquente em si mesma e nos diz que tudo aquilo que os personagens viveram foi vivido para ser contado, transmitido, comunicado, confessado, escrito. Num mundo em que tudo se conta, a arma ao mesmo tempo mais facilmente acessível e a mais mortal é a divulgação. Valmont, o herói do romance, envia à mulher que ele seduziu uma carta de ruptura que a destruirá; ora, foi sua amiga, a marquesa de Merteuil, quem a ditou, palavra por palavra. Mais tarde, essa mesma Merteuil, por vingança, mostra uma carta confidencial de Valmont a seu rival; este irá provocá-lo para um duelo e Valmont morrerá. Depois de sua morte, a correspondência íntima entre ele e Merteuil será divulgada e a marquesa acabará sua vida desprezada, perseguida e banida.

Nada nesse romance é segredo exclusivo de dois seres; todo mundo parece estar dentro de uma imensa concha sonora em que cada palavra sussurrada ressoa, ampliada, em ecos múltiplos e intermináveis. Quando eu era pequeno, diziam-me que colocando uma concha na orelha eu ouviria o eterno murmúrio do mar. É assim que, no mundo de Laclos, cada palavra continua audível para sempre. Será isso o século XVIII? Será isso o paraíso do prazer? Ou será que o homem, sem se dar conta, sempre viveu numa dessas conchas ressonantes? Em todo caso, uma concha ressonante não é o mundo de Epicuro, que ordena a seus discípulos: "Viverás escondido!".

4

O homem da recepção é gentil, mais gentil do que geralmente se costuma ser nas portarias dos hotéis. Lembrando-se de que havíamos estado ali havia dois anos antes, conta que muita coisa mudou desde então. Criaram uma sala de conferências para diversos tipos de seminários e construíram uma bela piscina. Interessados em vê-la, atravessamos um hall muito claro, com grandes janelas dando para o parque. No fim do hall, uma grande escada desce para a piscina, grande, azulejada, com um teto de vidro. Vera me lembra: "Da última vez havia aqui um pequeno jardim de rosas".

Instalamo-nos em nosso quarto, depois saímos para o parque. As sacadas verdes descem em direção ao rio, o Sena. É bonito, ficamos deslumbrados, com vontade de dar um grande passeio. Depois de alguns minutos aparece uma estrada por onde os carros passam correndo; voltamos para trás.

O jantar é excelente, todos bem vestidos, como se quisessem prestar homenagem ao passado cuja lembrança palpita ainda sob o teto da sala. Ao nosso lado, instala-se um casal com seus dois filhos. Um deles canta em voz alta. O garçom inclina-se sobre sua mesa com uma bandeja. A mãe olha fixamente para ele, querendo incitá-lo a elogiar a criança que, orgulhosa por ser observada, fica de pé na cadeira e aumenta a voz ainda mais. No rosto do pai aparece um sorriso de felicidade.

Um maravilhoso vinho bordeaux, pato, uma sobremesa

13

— segredo da casa —, conversamos, satisfeitos e despreocupados. Depois, voltando para o quarto, ligo um pouco a televisão. Também ali, crianças. Dessa vez, são negras e agonizantes. Nossa estada no castelo coincidiu com a época em que, durante semanas, todos os dias, mostravam crianças de um país africano com um nome já esquecido (tudo isso aconteceu pelo menos há dois ou três anos, como guardar todos esses nomes!), devastado pela guerra civil e pela fome. As crianças estão magras, esgotadas, não têm mais forças para fazer um gesto e espantar as moscas que passeiam em seus rostos.

Vera me diz: "Será que existem também velhos morrendo nesse país?".

Não, não, o que foi interessante nessa fome, o que a tornou única entre milhões de fomes que acontecem na Terra, é que ela atingiu apenas as crianças. Nunca vimos um adulto sofrer na tela, mesmo que olhássemos o noticiário todos os dias, exatamente para confirmar essa circunstância jamais vista.

É portanto inteiramente normal que não fossem os adultos, mas as crianças, que tivessem se revoltado contra essa crueldade dos velhos e, com toda a espontaneidade que lhes é própria, lançassem a célebre campanha "As crianças da Europa enviam arroz para as crianças da Somália". A Somália! Mas claro! Esse famoso slogan me fez encontrar o nome perdido! Ah, pena que tudo isso já esteja esquecido! Compraram pacotes de arroz, uma quantidade infinita de pacotes. Os pais, impressionados por esse sentimento de solidariedade planetária que existia em seus filhos, ofereceram dinheiro, e todas as instituições deram sua ajuda; o arroz foi juntado nas escolas, transportado até os portos, embarcado em navios em direção à África, e todo mundo pôde seguir a gloriosa epopeia do arroz.

Imediatamente depois das crianças moribundas, a tela é invadida por meninas de seis, oito anos, estão vestidas como adultas e se comportam com a maneira simpática de velhas coquetes; ah, é tão encantador, tão comovente, tão engraçado quando as crianças se comportam como adultos, as meninas e meninos beijam-se na boca, depois aparece um homem com um bebê nos braços e, enquanto nos explica a melhor maneira de lavar a roupa que o bebê acaba de sujar, aproxima-se uma bela mulher, entreabre a boca e mostra uma língua terrivelmente sensual que começa a penetrar a boca terrivelmente abobalhada do carregador de bebê.

"Vamos dormir", diz Vera, e apaga a televisão.

5

As crianças francesas correndo para ajudar suas pequenas companheiras africanas sempre me lembram o rosto do intelectual Berck. Eram então seus dias de glória. Como muitas vezes acontece com a glória, a dele foi provocada por um fracasso; recordemos: nos anos 80 de nosso século, o mundo foi atingido pela epidemia de uma doença chamada Aids, que se transmitia pelo contato amoroso e, a princípio, atingia sobretudo os homossexuais. Para colocar-se contra os fanáticos que viam na epidemia um castigo divino justo e evitavam os doentes como se fossem pestilentos, os espíritos tolerantes manifestavam fraternidade e tentavam provar que não havia perigo nenhum em conviver com eles. Assim, o deputado Duberques e o intelectual Berck almoçaram num célebre restaurante parisiense com um grupo de aidéticos; o almoço transcorreu numa atmosfera excelente e, a fim de não deixar passar nenhuma oportunidade de dar um bom exemplo, o deputado Duberques convocou as câmeras para a hora da sobremesa. Assim que apareceram na porta, ele se levantou, aproximou-se de um doente, levantou-o de sua cadeira e deu-lhe um beijo na boca ainda cheia de musse de chocolate.

Berck foi apanhado desprevenido. Compreendeu imediatamente que, uma vez fotografado e filmado, o grande beijo de Duberques se tornaria imortal; levantou-se e refletiu intensamente para saber se deveria ele também beijar um aidético. Na primeira fase de sua reflexão, afastou essa tentação porque no fundo de sua alma não estava inteiramente certo de que o contato com a boca doente não fosse contagioso; na fase seguinte, decidiu-se a passar por cima de sua suspeita, julgando que a fotografia de seu beijo valia o risco; mas, na terceira fase, uma ideia o reteve no seu caminho para a boca do soropositivo: se ele também beijasse um doente, não se tornaria por isso igual a Duberques, ao contrário, seria rebaixado à condição de imitador, de seguidor, até de um auxiliar que, com uma imitação precipitada, acrescentaria mais brilho ainda à glória do outro. Contentou-se portanto em ficar de pé e sorrir com ar de idiota. Mas esses poucos segundos de hesitação custaram-lhe caro, pois a câmera estava lá e, no jornal televisado, a França inteira leu em seu rosto as três fases de seu embaraço e riu dele. As crianças recolhendo arroz para a Somália vieram então em seu auxílio em boa hora. Aproveitou todas as ocasiões para lançar ao público a bela frase: "Só as crianças vivem dentro da verdade!", depois foi para a África e se fez fotografar ao lado de uma garotinha negra agonizante, o rosto coberto de moscas. A foto tornou-se famosa no mundo inteiro, muito mais do que a de Duberques beijando um doente de Aids, pois uma criança que está morrendo tem mais valor que um adulto que está morrendo, uma evidência que naquela época ainda escapava a Duberques. Este não se deu por vencido e, alguns dias depois, apareceu na televisão; cristão praticante, sabia que Berck era ateu, o que lhe deu a ideia de levar consigo uma vela, arma diante da qual até os ateus mais empedernidos inclinam a cabeça; durante a entrevista com o jornalista, ele a tirou do bolso e a acendeu; com intenção de lançar perfidamente o descrédito pelas preocupações que Berck tinha demonstrado pelos países exóticos, falou das crianças pobres de nossa terra, de nossas aldeias, de nossos subúrbios, e convidou seus concidadãos a irem para a rua, cada um com uma vela na mão, para uma grande marcha através de Paris em sinal de solidariedade pelas crianças sofredoras; para isso, convidou nominalmente Berck (com uma hilaridade disfarçada) para se colocar a seu lado à frente do cortejo. Berck teve que escolher: ou participar da marcha com uma vela na mão como um coroinha de Duberques, ou se esquivar e se expor a acusações. Era uma armadilha da qual ele precisou escapar com um ato tão audacioso quanto inesperado: decidiu imediatamente se dirigir para um país asiático cujo povo tivesse se revoltado e proclamar em alto e bom som seu apoio aos oprimidos; infelizmente, a geografia sempre tinha sido seu ponto fraco; o mundo para ele se dividia entre a França e a não-França das províncias obscuras que sempre confundia; assim, desembarcou num outro país tediosamente pacífico cujo aeroporto situado nas montanhas era glacial e pouco movimentado; teve que ficar ali oito dias à espera de um avião que o levasse de volta, faminto e gripado, para Paris.

"Berck é o rei mártir dos dançarinos", comentou Pontevin.

O conceito de dançarino só é conhecido por um pequeno círculo de amigos de Pontevin. É sua grande invenção e é lamentável que ele nunca a tenha desenvolvido nem apresentado em colóquios internacionais. Mas ele não liga para a notoriedade pública. Seus amigos o escutam com uma atenção cada vez mais divertida.

6

Todos os políticos de hoje são, segundo Pontevin, um pouco dançarinos, e todos os dançarinos se metem na política, o que no entanto não deveria fazer com que os confundíssemos. O dançarino se distingue do político comum pelo fato de não desejar o poder mas sim a glória; não deseja impor ao mundo essa ou aquela organização social (não se importa a mínima com isso), mas quer ocupar o palco para fazer seu ego brilhar.

Para ocupar o palco é preciso expulsar os outros. O que supõe uma técnica de combate especial. O combate do dançarino é chamado por Pontevin de *judô moral*; o dançarino lança o seu desafio ao mundo inteiro: quem é capaz de se mostrar mais moral (mais corajoso, mais honesto, mais sincero, mais disposto ao sacrifício, mais verídico) do que ele? E manipula todos os movimentos que lhe permitem colocar o outro numa situação moralmente inferior.

Se um dançarino tem a possibilidade de entrar no jogo político, irá recusar ostensivamente todas as negociações secretas (que sempre foram o campo oficial da verdadeira política) denunciando-as como sendo mentirosas, desonestas, hipócritas, sujas; apresentará suas propostas publicamente, num palanque, cantando, dançando, e chamará nominalmente os outros para que o acompanhem em sua ação; insisto: não discretamente (para dar ao outro o tempo de refletir, de discutir as contrapropostas), mas publicamente, e se possível de surpresa: "Você está pronto (como eu) a renunciar imediatamente ao seu salário do mês de março em prol das crianças da Somália?". Surpresas, as pessoas não terão senão duas possibilidades: ou recusar, e assim serem desacreditadas como inimigas das crianças, ou dizer "sim" em meio a um terrível embaraço, que as câmeras deverão maliciosamente mostrar, como mostraram a hesitação do pobre Berck no final do almoço com os aidéticos. "Por que o senhor fica calado, doutor H., enquanto os direitos humanos são ultrajados em seu país?" Fizeram essa pergunta ao doutor H. no momento em que ele estava operando um paciente e não podia responder; depois de ter costurado o ventre aberto, porém, foi tomado de uma tal vergonha por seu silêncio que soltou tudo o que se queria ouvir dele e mais ainda; depois disso, o dançarino que o tinha interpelado (e esse é um dos movimentos especialmente terríveis do judô moral) deixou escapar: "Enfim. Antes tarde do que nunca...".

Podem acontecer situações (nos regimes ditatoriais, por exemplo) em que é perigoso assumir posições publicamente; para o dançarino, entretanto, é um pouco menos perigoso do que para os outros, pois, tendo se exibido sob a luz dos projetores, à vista de todos, fica protegido pela atenção do mundo; mas tem seus admiradores anônimos que, obedecendo a seu apelo tão irrefletido quanto esplêndido, assinam petições, participam de reuniões proibidas, fazem manifestações de rua; esses serão tratados sem complacência, e o dançarino nunca cederá à tentação sentimental de se censurar por ter causado a infelicidade deles, sabendo que uma nobre causa pesa mais que a vida de um ou outro.

Vincent faz uma objeção a Pontevin: "Sabe-se muito bem que você detesta Berck e nós concordamos. Entretanto, mesmo que ele seja um babaca, apoiou causas que nós também consideramos justas, ou, se preferir, a vaidade dele as apoiou. E pergunto: se você quiser interferir num conflito público, atrair a atenção para uma coisa abominável ou ajudar um perseguido, como vai fazer, em nossa época, para não ser ou parecer um dançarino?".

A que o misterioso Pontevin responde: "Você está enganado em pensar que estou querendo atacar os dançarinos. Eu os estou defendendo. Aqueles que sentirem aversão pelos dançarinos e quiserem denegri-los irão sempre ao encontro de um obstáculo intransponível: sua honestidade; pois, pelo fato de se expor constantemente ao público, o dançarino se obriga a ser irrepreensível; não fez, como Fausto, um contrato com o Diabo, fez com o Anjo; quer fazer de sua vida uma obra de

19

arte e é nesse trabalho que conta com a ajuda do Anjo; pois, não esqueça, a dança é uma arte! É nessa obsessão de ver em sua própria vida a matéria de uma obra de arte que se encontra a verdadeira essência do dançarino; ele não prega a moral, ele dança a moral! Quer emocionar e deslumbrar o mundo com a beleza de sua vida! Está apaixonado por sua vida como um escultor pode se apaixonar pela estátua que está modelando.".

7

Eu me pergunto por que Pontevin não torna públicas ideias tão interessantes. Não tem no entanto muito o que fazer, esse historiador, doutor em letras, que se entedia em seu escritório na Biblioteca Nacional. Não faz questão de divulgar suas teorias? Isso é dizer pouco: tem verdadeiro horror. Aquele que torna públicas as suas ideias corre realmente o risco de persuadir os outros da verdade delas, de influenciar os outros, e assim de desempenhar o papel dos que aspiram mudar o mundo. Mudar o mundo! Para Pontevin, que intenção monstruosa! Não que o mundo como é seja tão admirável assim, mas porque toda mudança conduz inelutavelmente ao pior. E porque, de um ponto de vista mais egoísta, toda ideia que se torna pública mais cedo ou mais tarde se volta contra seu autor e confisca-lhe o prazer que sentiu ao pensá-la. Pois Pontevin é um dos grandes discípulos de Epicuro: inventa e desenvolve suas ideias apenas porque isso lhe dá prazer. Não despreza a humanidade, que é para ele uma fonte inesgotável de reflexões alegremente maliciosas, mas não sente a menor vontade de entrar em contato mais estreito com ela. Está cercado por um grupo de amigos que se encontram no café gascão, e essa pequena amostra da humanidade já lhe basta.

Entre esses amigos, Vincent é o mais inocente e o mais

comovente. Tenho por ele a maior simpatia e só censuro nele (com um pouco de ciúme, é verdade) a adoração juvenil e, na minha opinião, exagerada, que ele dedica a Pontevin. Mas até essa amizade tem alguma coisa de comovente. Quando conversam sobre vários assuntos que o encantam, filosofia, política, livros, Vincent fica feliz em ficar sozinho com ele; transborda de ideias curiosas e provocadoras, e Pontevin, também encantado, corrige seu discípulo, inspira-o, estimula-o. Mas basta que uma terceira pessoa chegue para que Vincent fique infeliz, pois logo Pontevin se transforma: fala mais alto e torna-se divertido, divertido demais para o gosto de Vincent.

Por exemplo: estão sozinhos no café e Vincent lhe pergunta: "O que você pensa realmente sobre o que está acontecendo na Somália?". Pontevin, pacientemente, faz para ele uma verdadeira conferência sobre a África. Vincent levanta objeções, eles discutem, talvez até façam brincadeiras, não com o objetivo de brilhar, mas apenas para aproveitar alguns instantes de descontração durante uma conversa mais séria.

Chega Machu acompanhado de uma bela desconhecida. Vincent quer continuar a discussão: "Mas desculpe, Pontevin, você não acha que está enganado quando afirma que..." e desenvolve uma polêmica interessante contra as teorias de seu amigo.

Pontevin faz uma longa pausa. Ele é mestre em fazer pausas longas. Sabe que só os tímidos têm medo e se precipitam, quando não sabem o que responder, em frases confusas que os tornam ridículos. Pontevin sabe se calar de modo tão soberano que até a Via Láctea, impressionada com seu silêncio, espera, impaciente, a resposta. Sem dizer palavra, ele olha para Vincent que, não se sabe por quê, baixa pudicamente os olhos, e depois, sorridente, olha a moça e mais uma vez vira-se para Vincent, os olhos carregados de uma consideração fingida: "Seu modo de insistir, na presença de uma mulher, sobre pensamentos tão exageradamente brilhantes revela um inquietante refluxo de sua libido".

No rosto de Machu aparece seu famoso sorriso de idiota, a mulher bonita dirige a Vincent um olhar condescendente e divertido e Vincent enrubesce; sente-se magoado: um amigo, que um minuto atrás estava cheio de atenções para com ele, de repente, apenas para impressionar uma mulher, não se importa em criar-lhe um constrangimento.

Depois chegam outros amigos, sentam-se, conversam; Machu conta anedotas; com pequenos comentários secos, Goujard exibe sua erudição literária; algumas mulheres prendem o riso. Pontevin mantém-se calado; espera; depois de deixar seu silêncio amadurecer suficientemente, diz: "Minha amante não para de exigir de mim um comportamento brutal".

Meu Deus, como ele sabe dizer isso. Mesmo as pessoas das mesas vizinhas calam-se e ficam escutando; o ar começa a vibrar com uma hilaridade impaciente. O que é que existe de tão engraçado no fato de sua amante exigir dele um comportamento brutal? Tudo deve residir no sortilégio da voz, e Vincent não pode deixar de sentir ciúme pois a sua, comparada com a de Pontevin, é como uma pobre flauta que se esforça em competir com um violoncelo. Pontevin fala docemente sem nunca forçar a voz que, no entanto, enche a sala toda e torna inaudíveis os outros ruídos do mundo.

E continua: "Comportamento brutal... Mas não sou capaz disso! Eu não sou bruto! Sou muito fino!".

O riso segue vibrando no ar e, para saborear essa vibração, Pontevin faz uma pausa.

Depois diz: "De vez em quando, uma datilógrafa vem à minha casa. Um dia, durante o ditado, de repente, cheio de boa vontade, peguei-a pelos cabelos, levantei-a da cadeira e arrastei-a para a cama. No meio do caminho, soltei-a, morrendo de rir: 'Ah, que burrice, não foi você quem me pediu para ser brutal. Ah, me desculpe, senhorita!'."

Todo mundo ri, até Vincent, que começa a gostar de novo de seu mestre.

8

Entretanto, no dia seguinte, ele lhe diz, com um ar de censura: "Pontevin, você não é apenas o grande teórico dos dançarinos, você próprio é um dançarino".

Pontevin (*um pouco embaraçado*): "Você está confundindo os conceitos".

Vincent: "Quando estamos juntos, você e eu, e alguém chega, o lugar onde estamos instantaneamente se divide em duas partes, o recém-chegado e eu estamos na plateia e você está dançando no palco".

Pontevin: "Estou dizendo que você está confundindo os conceitos. O termo dançarino se aplica exclusivamente aos exibicionistas da vida pública. E eu detesto a vida pública".

Vincent: "Você se comportou ontem diante daquela mulher como Berck diante de uma câmera. Quis atrair toda a atenção para si. Quis ser o melhor, o mais espirituoso. E utilizou contra mim o mais vulgar judô dos exibicionistas".

Pontevin: "Talvez o judô dos exibicionistas. Mas não o judô moral! E é por essa razão que você está enganado quando me qualifica de dançarino. Pois o dançarino quer ser mais moral do que os outros. Enquanto eu, o que queria era parecer pior do que você".

Vincent: "O dançarino quer parecer mais moral porque seu grande público é ingênuo e considera bonitos os gestos morais. Mas nosso pequeno público é perverso e gosta da amoralidade. Você então utilizou contra mim o judô amoral e isso não contradiz de forma alguma a sua essência de dançarino".

Pontevin (*de repente num outro tom, com muita sinceridade*): "Se magoei você, Vincent, me perdoe".

Vincent (*imediatamente comovido com as desculpas de Pontevin*): "Não tenho o que perdoar a você. Sei que estava brincando".

Não é por acaso que eles se encontram no café gascão. Entre seus santos padroeiros, d'Artagnan é o maior: o patrono da amizade, único valor que consideram sagrado.

Pontevin continua: "No sentido mais amplo da palavra" (e, de fato, nisso você tem razão) "o dançarino mora certamente dentro de cada um de nós e admito que, quando vejo uma mulher aparecer, sou ainda dez vezes mais dançarino que os outros. O que posso fazer contra isso? É mais forte que eu".

Vincent ri amistosamente, cada vez mais comovido, e Pontevin continua, num tom de penitência: "Aliás, se sou mesmo, como você acabou de reconhecer, o grande teórico dos dançarinos, é que deve haver entre mim e eles uma pequena coisa qualquer em comum sem a qual eu não poderia compreendê-los. Sim, admito que você tem razão, Vincent".

Nesse ponto, deixando de ser um amigo arrependido, Pontevin volta a ser teórico: "Mas apenas uma pequena coisa à toa porque, no sentido específico em que utilizo esse conceito, nada tenho a ver com o dançarino. Acho não só possível como até provável que um verdadeiro dançarino, um Berck, um Duberques, diante de uma mulher, não sinta nenhuma vontade de se exibir ou de seduzir. Não lhe ocorreria contar a história de uma datilógrafa que ele arrastou pelos cabelos até sua cama porque a confundiu com outra. Pois o público que ele quer seduzir não são mulheres concretas e visíveis, mas a grande multidão dos invisíveis! Ouça, este é mais um capítulo a ser elaborado sobre a teoria do dançarino: a invisibilidade do seu público! É nisso que reside a assustadora modernidade desse personagem! Ele não se exibe diante de você ou de mim, mas diante do mundo inteiro! E o que é o mundo inteiro? Um infinito sem rostos! Uma abstração".

No meio da conversa dos dois, chega Goujard acompanhado de Machu que, da porta, se dirige a Vincent: "Você me disse que tinha sido convidado para o grande colóquio dos entomologistas. Tenho uma novidade para você! Berck vai estar lá".

Pontevin: "Ele outra vez? O homem está em todas!".

Vincent: "O que ele tem a ver com o assunto?".

Machu: "Como entomologista, é você quem deveria saber".

Goujard: "Quando era estudante, ele frequentou durante um ano a Escola de Altos Estudos Entomológicos. Durante esse colóquio vão elevá-lo à categoria de entomologista honorário".

E Pontevin: "É preciso ir lá e agitar o ambiente!".

Depois, dirigindo-se a Vincent: "Você vai fazer nós todos entrarmos como penetras!".

9

Vera já está dormindo; abro a janela que dá para o parque e penso no percurso que fizeram Madame de T. e seu jovem cavalheiro depois de saírem do castelo à noite, aquele inesquecível percurso em três etapas.

Primeira etapa: eles passeiam, de braços dados, conversam, depois encontram um banco no gramado e se sentam, sempre de braços dados, sempre conversando. A noite está enluarada, o jardim desce em terraços até o Sena, cujo murmúrio se junta ao murmúrio das árvores. Tentemos captar alguns fragmentos da conversa. O cavalheiro pede um beijo. Madame de T. responde: "De bom grado. Você ficaria orgulhoso demais se eu recusasse. Seu amor-próprio o faria pensar que sinto medo de você".

Tudo o que Madame de T. diz é fruto de uma arte, a arte da conversa, que não deixa nenhum gesto sem comentário e trabalha seu sentido; dessa vez, por exemplo, ela concede ao cavalheiro o beijo que ele solicita, mas depois de impor ao seu consentimento a sua própria interpretação: deixa-se beijar apenas para recolocar na medida certa o orgulho do cavalheiro.

Quando, por um jogo do intelecto, ela transforma um beijo num ato de resistência, não engana ninguém, nem mesmo o cavalheiro que, no entanto, deve encarar as palavras dela com toda a seriedade, pois fazem parte de uma iniciativa do espírito à qual é preciso reagir com outra iniciativa do espírito. A conversa não tem como objetivo encher o tempo; ao contrário, é a própria conversa que organiza o tempo, que o governa e que impõe as leis que é preciso respeitar.

O final da primeira etapa da noite deles: o beijo que ela havia concedido ao cavalheiro para que ele não se sentisse orgulhoso demais é seguido de um outro, os beijos "apressavam-se, entremeavam a conversa, substituíam-na...". Mas eis que ela se levanta e decide retomar o caminho de volta.

Quanta arte de encenação! Depois da primeira confusão dos sentidos, foi preciso mostrar que o prazer do amor ainda não era um fruto maduro; foi preciso aumentar seu preço, torná-lo mais desejável; foi preciso criar uma peripécia, uma tensão, um suspense. Ao voltar para o castelo com o cavalheiro, Madame de T. simula uma descida para o nada, sabendo muito bem que no último momento terá todo o poder de inverter a situação e prolongar o encontro. Para tanto, bastará uma frase, uma daquelas fórmulas de que a arte da conversa dispõe às dezenas. Mas, por uma espécie de conspiração inesperada, por uma imprevisível falta de inspiração, ela é incapaz de encontrar uma que seja. É como um ator que tivesse subitamente esquecido seu texto. Pois, na verdade, é preciso conhecer o texto; não é como hoje em dia, em que uma moça pode dizer: você quer, eu também quero, não vamos perder tempo! Para eles, essa franqueza mantém-se por trás de uma barreira que não pode ser transposta apesar de todas as suas convicções libertinas. Se nenhuma ideia ocorre a tempo nem a um nem a outro, se não encontram nenhum pretexto para continuar seu passeio, serão obrigados, pela simples lógica de seu silêncio, a voltar para o castelo e ali se despedirem. Quanto mais os dois percebem a urgência de encontrar um pretexto para não ir adiante e que possa ser expresso em voz alta, mais suas bocas parecem estar costuradas: todas as frases que poderiam ser de alguma ajuda se escondem deles, que, desesperadamente, pedem socorro. É a razão por que, ao chegar perto da porta do castelo, "por um instinto mútuo, nossos passos tornavam-se mais lentos".

Felizmente, no último momento, como se o homem do ponto tivesse afinal acordado, ela reencontra seu texto: ataca o cavalheiro: "Não estou muito contente com você...". Enfim, enfim! Tudo está salvo! Ela se zangou! Encontrou um pretexto numa pequena raiva simulada que irá prolongar o passeio deles: tinha sido sincera com ele; por que então ele não lhe dissera uma única palavra sobre sua amada, a condessa? Rápido, rápido, é preciso se explicar! É preciso falar! A conversa se reinicia e eles se afastam de novo do castelo por um caminho que, dessa vez, irá levá-los sem tropeços a um abraço de amor.

10

Enquanto conversa, Madame de T. baliza o terreno, prepara a próxima fase dos acontecimentos, dá a entender a seu parceiro o que ele deve pensar e como deve agir. Faz tudo isso com finura, com elegância, e indiretamente, como se falasse de outra coisa. Faz com que ele descubra a frieza egoísta da condessa a fim de liberá-lo do dever de fidelidade e de descontraí-lo para a aventura noturna que ela prepara. Organiza não apenas o futuro imediato como também o mais distante, fazendo o cavalheiro compreender que, sob hipótese alguma, ela quer se tornar concorrente da condessa, de quem ele não deve separar-se. Dá a ele um curso resumido de educação sentimental, ensina-lhe sua filosofia prática do amor que é preciso liberar da tirania das regras morais e proteger com a discrição que, de todas as virtudes, é a virtude suprema. E consegue até, com toda a naturalidade, explicar-lhe como ele deverá se comportar no dia seguinte com seu marido.

Vocês se espantam: onde, nesse espaço tão racionalmente organizado, balizado, traçado, calculado, medido, onde há lugar para a espontaneidade, para uma "loucura", onde está o delírio, onde está a cegueira do desejo, "o amor louco" que os surrealistas idolatraram, onde o esquecimento de si próprio? Onde estão todas aquelas virtudes da insensatez que formaram nossa ideia do amor? Não, nada disso tem vez aqui. Pois Madame de T. é a rainha da razão. Não da razão impiedosa da marquesa de Merteuil, mas de uma razão doce e terna, de uma razão cuja missão suprema é proteger o amor.

Vejo-a conduzindo o cavalheiro através da noite enluarada. Agora ela para e mostra-lhe os contornos de um telhado que se desenham diante deles na penumbra; ah, que momentos voluptuosos esse pavilhão presenciou, e é pena, diz ela, que não tenha trazido a sua chave. Aproximam-se da porta e (como é curioso! Como é inesperado!) o pavilhão está aberto!

Por que ela lhe disse que não havia trazido a chave? Por que não lhe contou logo que não se fecha mais o pavilhão?

Tudo está preparado, fabricado, é artificial, tudo é encenado, nada é franco, ou, em outras palavras, tudo é arte; nesse caso: arte de prolongar o suspense, ou melhor — arte de se manter o maior tempo possível em estado de excitação.

11

Não se encontra nenhuma descrição da aparência física de Madame de T. em Denon; uma coisa entretanto me parece certa: ela não pode ser magra; imagino que tenha "formas redondas e flexíveis" (é com essas palavras que Laclos caracteriza o corpo feminino mais cobiçado das *Ligações perigosas*) e que as formas arredondadas do corpo façam nascer o arredondado e a lentidão dos movimentos e dos gestos. Emana dela uma doce ociosidade. Possui a sabedoria da lentidão e manipula toda a técnica do *ritardando*. Dá provas disso no decorrer da segunda etapa da noite, passada no pavilhão: eles entram, beijam-se, caem sobre um canapé, fazem amor. Mas "tudo isso tinha sido um pouco brusco. Percebemos nosso erro [...]. Quando se é muito ardente, se é menos delicado. Corre-se para o gozo confundindo todos os prazeres que o precedem".

A precipitação que os faz perder a doce lentidão é imediatamente percebida pelos dois como um erro; mas não acredito que Madame de T. se surpreenda com isso, acho pelo contrário que ela sabia ser esse erro inevitável, fatal, que esperava por ele e que por isso premeditou o *intermezzo* no pavilhão, como um *ritardando* destinado a frear, a abafar a velocidade previsível e prevista dos acontecimentos a fim de que, chegando à terceira etapa, num novo cenário, sua aventura pudesse desabrochar em toda a sua esplêndida lentidão.

Ela interrompe o amor no pavilhão, sai com o cavalheiro, passeia com ele novamente, senta-se no banco no meio do

29

gramado, retoma a conversa e leva-o em seguida para o castelo, para o quarto secreto próximo ao seu apartamento; foi o marido quem o preparou, outrora, para ser um templo encantado do amor. Na porta, o cavalheiro fica admirado: os espelhos que cobrem todas as paredes multiplicam as imagens dos dois de tal forma que de repente um cortejo infinito de casais beija-se à volta deles. Mas não é aí que fazem amor; como se Madame de T. quisesse evitar uma explosão dos sentidos intensa demais e para prolongar ao máximo o tempo de excitação, ela o leva para a peça contígua, uma gruta submersa em obscuridade, cheia de almofadas; é somente ali que eles fazem amor, longa e lentamente, até a madrugada.

Ao tornar mais lento o decorrer de sua noite, ao dividi-la em diferentes partes separadas uma da outra, Madame de T. soube transformar o curto espaço de tempo que lhes foi concedido numa pequena arquitetura maravilhosa, como uma forma. Imprimir forma a uma duração é uma exigência da beleza, mas é também uma exigência da memória. Pois aquilo que não tem forma é inalcançável, imemorável. Conceber seu encontro como uma forma foi algo de particularmente precioso para eles, visto que sua noite não deveria ter amanhã e só poderia se repetir na lembrança.

Há um vínculo secreto entre a lentidão e a memória, entre a velocidade e o esquecimento. Imaginemos uma situação das mais comuns: um homem andando na rua. De repente, ele quer se lembrar de alguma coisa, mas a lembrança lhe escapa. Nesse momento, maquinalmente, seus passos ficam mais lentos. Ao contrário, quem está tentando esquecer um incidente penoso que acabou de viver sem querer acelera o passo, como se quisesse rapidamente se afastar daquilo que, no tempo, ainda está muito próximo de si.

Na matemática existencial, essa experiência toma a forma de duas equações elementares: o grau de lentidão é diretamente proporcional à intensidade da memória; o grau de velocidade é diretamente proporcional à intensidade do esquecimento.

12

Durante a vida de Vivant Denon, provavelmente apenas um pequeno círculo de iniciados sabia que ele era o autor de *Point de lendemain*; e o mistério só foi esclarecido para todo mundo, e (provavelmente) definitivamente, muito tempo depois de sua morte. O destino da novela se parece portanto estranhamente com a história que ele conta: ficou escondido pela penumbra do segredo, da discrição, da mistificação, do anonimato.

Gravador, desenhista, diplomata, viajante, conhecedor de arte, sucesso dos salões, homem de uma carreira notável, Denon nunca reivindicou a propriedade artística da novela. Não que recusasse a glória, mas esta significava na época outra coisa; imagino que o público que lhe interessava, que gostaria de conquistar, não era a massa de desconhecidos que enche de prazer o escritor de hoje, mas o pequeno grupo daqueles que ele poderia conhecer e estimar pessoalmente. O prazer que lhe causou o sucesso junto a seus leitores não era diferente daquele que experimentava diante dos poucos ouvintes reunidos em torno dele num salão em que brilhava.

Existe uma glória antes da invenção da fotografia e outra depois. O rei tcheco Vaclav, no século XIV, gostava de frequentar as tabernas de Praga e conversar incógnito com as pessoas do povo. Ele teve o poder, a glória e a liberdade. O príncipe Charles da Inglaterra não tem nenhum poder, nenhuma liberdade, mas tem uma imensa glória. Nem na floresta virgem, nem em sua banheira escondida num bunker no décimo sétimo subsolo ele consegue escapar dos olhos que o perseguem e o reconhecem. A glória devorou-lhe toda a liberdade e agora ele sabe: apenas os espíritos totalmente inconscientes podem hoje consentir em arrastar voluntariamente atrás de si o panelaço da notoriedade.

Você pode dizer que, se a característica da glória muda, de qualquer maneira isso só diz respeito a alguns privilegiados. Engana-se. Pois a glória não diz respeito apenas às pessoas célebres, diz respeito a todo mundo. Hoje, as pessoas célebres estão nas páginas das revistas, nas telas de televisão, invadem a imaginação de todo mundo. E todo mundo se preocupa, nem que seja em seus sonhos, com a possibilidade de se tornar objeto de uma tal glória (não a do rei Vaclav, que frequentava os bares, mas a do príncipe Charles, escondido em sua banheira no décimo sétimo subsolo). Essa possibilidade persegue como uma sombra cada um de nós e muda a característica de nossas vidas; pois (e é uma outra definição elementar bem conhecida da matemática existencial) cada possibilidade nova que tem a existência, até a menos provável, transforma a existência inteira.

13

Pontevin seria talvez menos cruel em relação a Berck se soubesse dos aborrecimentos que ele tivera que suportar recentemente por parte de uma certa Immaculata, antiga colega de classe que, quando estudante, ele tinha (inutilmente) desejado.

Um dia, depois de uns vinte anos, Immaculata viu Berck na televisão espantando as moscas do rosto de uma pretinha; isso teve sobre ela o efeito de uma revelação. Imediatamente, compreendeu que sempre o amara. No mesmo dia, escreveu-lhe uma carta em que lembrava "o amor inocente" de outrora. Mas Berck se lembrava que seu amor, longe de ser inocente, fora bastante concupiscente e que se sentira humilhado quando ela o repelira sem nenhuma habilidade. Foi essa a razão pela qual, inspirando-se no nome um pouco cômico da empregada portuguesa de seus pais, deu-lhe o apelido, ao mesmo tempo satírico e melancólico, de Immaculata, a Não--Suja. Reagiu mal à sua carta (coisa curiosa, depois de vinte anos não tinha ainda digerido inteiramente sua antiga derrota) e não respondeu.

O silêncio dele incomodou-a e na carta seguinte ela lembrou-lhe a espantosa quantidade de bilhetes de amor que ele lhe mandara. Num deles, ele a chamara de "pássaro da noite que perturba meus sonhos". Essa frase, depois esquecida, pareceu-lhe insuportavelmente idiota e ele achou descortês que ela a relembrasse. Mais tarde, segundo rumores que chegaram a ele, compreendeu que, cada vez que ele aparecia na televisão, aquela mulher que ele nunca maculara comentava em algum jantar o amor inocente do célebre Berck, que em outros tempos não conseguia dormir porque ela lhe perturbava os sonhos. Sentia-se nu e sem defesa. Pela primeira vez na vida desejou intensamente o anonimato.

Numa terceira carta, ela lhe pediu um favor; não para ela, mas para sua vizinha, uma pobre mulher que tinha sido muito maltratada num hospital; não só quase morrera de uma anestesia malfeita, mas tinham recusado qualquer indenização. Já que Berck ocupava-se tanto com crianças africanas, que ele desse provas de que era também capaz de se interessar pelos pobres de seu país, mesmo que essas pessoas não lhe oferecessem ocasião de brilhar na televisão.

Depois, a própria mulher escreveu-lhe, a mando de Immaculata: "[...] o senhor se lembra, aquela moça a quem o senhor escreveu dizendo que ela era sua virgem imaculada que perturbava suas noites". Seria possível?! Seria possível?! Correndo de um lado para o outro em seu apartamento, Berck urrava e vociferava. Rasgou a carta, cuspiu em cima dela e jogou-a no lixo.

Um dia, soube por um diretor da emissora que uma produtora queria fazer um perfil seu. Com irritação, lembrou-se então do comentário irônico sobre seu desejo de brilhar na televisão, pois a produtora que queria filmá-lo era o próprio pássaro da noite, Immaculata em pessoa! Situação constrangedora: a princípio, considerou excelente a proposta de fazerem um filme sobre ele porque quisera transformar sua vida numa obra de arte; mas até então nunca lhe ocorrera a ideia de que essa obra pudesse pertencer ao gênero cômico! Diante desse perigo subitamente revelado, desejou manter Immaculata o mais longe possível de sua vida e implorou ao diretor (que ficou muito espantado com sua modéstia) que adiasse aquele projeto, muito precoce para alguém tão jovem e tão pouco importante quanto ele.

14

Essa história me lembra uma outra que tive a sorte de conhecer graças à biblioteca que reveste todas as paredes do apartamento de Goujard. Certa vez, quando me queixava com ele do meu tédio, ele me mostrou uma estante com uma etiqueta escrita por ele mesmo: *obras-primas de humor involuntário* e, com um sorriso malicioso, retirou dela um livro escrito por uma jornalista parisiense em 1972 sobre seu amor por Kissinger, se é que vocês ainda lembram o nome do mais famoso político daquela época, conselheiro do presidente Nixon, arquiteto da paz entre os Estados Unidos e o Vietnã.

É esta a história: ela encontra Kissinger em Washington para fazer uma entrevista com ele, primeiro para uma revista, depois para a televisão. Eles têm muitos encontros, mas sem jamais ultrapassar os limites das relações estritamente profissionais: um ou dois jantares para preparar o programa, algumas visitas a seu escritório da Casa Branca, na casa dele, sozinha, depois acompanhada de uma equipe etc. Pouco a pouco, Kissinger começa a achá-la insuportável. Ele não é bobo, sabe do que se trata e, para mantê-la à distância, faz comentários eloquentes sobre a atração que o poder exerce sobre as mulheres e sobre a função dele, que o obriga a renunciar a qualquer espécie de vida particular.

Ela presta atenção com uma sinceridade tocante em todas essas evasivas que, aliás, não a desencorajam, tendo em vista sua convicção inabalável de que eles eram destinados um para o outro. Estaria ele se mostrando prudente e desconfiado? Isso não a surpreende: sabe muito bem o que pensar das mulheres horríveis que ele conheceu antes; tem certeza de que, no momento em que ele compreender a que ponto ela o ama, acabará com suas angústias e abandonará suas precauções. Ah, ela tem tanta certeza da pureza de seu amor! Poderia jurar: não se trata de modo algum de uma obsessão erótica de sua parte. "Sexualmente, ele me deixava indiferente", escreve ela, e repete muitas vezes (com um curioso sadismo maternal): ele se veste mal; não é bonito; tem mau gosto no que diz respeito às mulheres; "como deve ser péssimo amante", julga ela, declarando-se no entanto mais apaixonada ainda. Ela tem dois filhos, ele também, ela planeja, sem que ele desconfie, férias comuns na Côte d'Azur e alegra-se com o fato de os dois pequenos Kissinger poderem assim aprender agradavelmente o francês.

Um dia, ela envia sua equipe de cinegrafistas para filmar o apartamento de Kissinger que, não podendo mais se controlar, expulsa-os como um bando de importunos. Uma outra vez, ele a chama em seu escritório e diz, com uma voz excepcionalmente severa e fria, que não irá tolerar mais a maneira equívoca como ela se comporta em relação a ele. Primeiro, ela fica no auge do desespero. Muito depressa, porém, começa a dizer a si mesma: sem dúvida julgam-na politicamente perigosa e Kissinger recebeu instruções da contraespionagem para não manter mais contatos com ela; o escritório em que se encontram está infestado de microfones e ele sabe disso; suas frases tão incrivelmente cruéis não se destinam a ela, mas aos policiais invisíveis que os estão escutando. Ela olha para ele com um sorriso compreensivo e melancólico; a cena lhe parece iluminada por uma beleza trágica (é o adjetivo que ela sempre utiliza): ele é obrigado a desferir-lhe duros golpes e, ao mesmo tempo, com o olhar, ele fala de amor.

Goujard ri, mas eu digo a ele: a verdade evidente da situação real que transparece por trás do devaneio da apaixonada é menos importante do que ele pensa, é apenas uma verdade mesquinha, terra a terra, que empalidece diante de uma outra, mais elevada e que resistirá ao tempo: a verdade do Livro. Já, por ocasião do primeiro encontro com seu ídolo, esse livro estava presente ali, invisível, numa pequena mesa entre eles, sendo, a partir daquele instante, o objetivo secreto e inconsciente de toda a sua aventura. O livro? Para fazer o quê? Para traçar um perfil de Kissinger? Não, ela não tinha absolutamente nada a dizer sobre ele! O que lhe interessava, no fundo, era sua própria verdade sobre si mesma. Ela não desejava Kissinger, menos ainda seu corpo ("como ele devia ser péssimo amante"); ela desejava expandir seu eu, fazê-lo sair do círculo estreito de sua vida, fazê-lo resplandecer, transformá-lo em luz. Kissinger era para ela uma montaria mitológica, um cavalo alado em que seu eu iria montar num grande voo através dos céus.

"Ela era idiota", concluiu secamente Goujard, caçoando de minhas belas explicações.

"Não", eu disse, "as testemunhas confirmam sua inteligência. Trata-se de outra coisa que não é idiotice. Ela tinha certeza de ser uma eleita."

15

Ser eleito é uma noção teológica que quer dizer: sem nenhum mérito, por um veredicto sobrenatural, por uma vontade livre, senão caprichosa, de Deus, se é escolhido para alguma coisa de excepcional e de extraordinário. Com essa convicção, os santos encontraram a força para suportar os mais atrozes suplícios. As noções teológicas refletem-se, assim como suas próprias paródias, na trivialidade de nossas vidas; cada um de nós sofre (mais ou menos) da insignificância de sua vida muito comum e deseja escapar dela e elevar--se. Cada um de nós conheceu a ilusão (mais ou menos forte) de ser digno dessa elevação, de ser predestinado e escolhido por ela.

O sentimento de ser eleito está presente, por exemplo, em toda relação amorosa. Pois o amor, por definição, é um presente não merecido; ser amado sem mérito é até mesmo prova de um verdadeiro amor. Se uma mulher me diz: amo você porque você é inteligente, porque é honesto, porque me compra presentes, porque não anda atrás das outras, porque lava a louça, fico decepcionado; esse amor me parece interesseiro. Como é mais bonito ouvir: sou louca por você apesar de você não ser nem inteligente, nem honesto, apesar de você ser mentiroso, egoísta, ordinário.

Talvez seja quando é ainda bebê que o homem conhece pela primeira vez a ilusão de ser eleito, graças aos cuidados maternos que recebe sem mérito e reivindica ainda mais energicamente. A educação deveria livrá-lo dessa ilusão e fazê-lo compreender que tudo na vida se paga. Mas muitas vezes é tarde demais. Vocês com certeza já viram aquela menina de dez anos que, para impor sua vontade às amigas, de repente, sem ter argumentos, diz em voz alta com um orgulho inexplicável: "Porque eu estou dizendo", ou "Porque eu quero". Ela se sente eleita. Mas um dia ela dirá "porque eu quero" e todos à sua volta cairão na gargalhada. O que pode fazer aquele que pensa que é eleito, para provar sua eleição, para ele mesmo acreditar e fazer os outros acreditarem que ele não pertence à vulgaridade comum? É aí que a época iniciada com a invenção da fotografia vem ajudar, com suas estrelas, seus dançarinos, suas celebridades, cuja imagem projetada sobre uma imensa tela é visível de longe por todos, admirada por todos e inacessível a todos. Por uma fixação adorativa pelas pessoas célebres, aquele que se acredita eleito demonstra publicamente sua participação naquilo que é extraordinário, ao mesmo tempo que demonstra sua distância em relação ao que é ordinário, o que quer dizer, concretamente, em relação aos vizinhos, aos colegas, ou seja, aqueles parceiros com os quais ele é obrigado (ela é obrigada) a conviver.

Assim, as pessoas célebres tornaram-se uma instituição pública como as instalações sanitárias, como a Previdência Social, como as seguradoras, como os hospícios. Mas essas pessoas só são úteis se permanecerem verdadeiramente inacessíveis. Quando alguém quer ver confirmada sua eleição por meio de um relacionamento direto, pessoal, com uma pessoa célebre, arrisca-se a ser rejeitado, como foi a apaixonada de Kissinger. Essa rejeição, em linguagem teológica, é chamada de queda. É por isso que a apaixonada de Kissinger fala em seu livro, explicitamente e com razão, de seu amor trágico, pois uma queda, mesmo que desagrade a Goujard, que caçoa disso, é trágica por definição.

Até o momento em que compreendeu que estava apaixonada por Berck, Immaculata levara a vida da maioria das mulheres: alguns casamentos, alguns divórcios, alguns amantes, que lhe trouxeram uma decepção tão constante quanto pacífica e até suave. O último de seus amantes a adora de modo especial; ela o aguenta melhor do que os outros, não apenas por causa de sua submissão mas também por sua utilidade: é um cameraman que a ajudou muito quando ela começou a trabalhar na televisão. É um pouco mais velho do que ela, mas tem um ar de eterno estudante que a adora; acha que ela é a mais bonita, a mais inteligente e (sobretudo) a mais sensível de todas as mulheres.

Para ele, a sensibilidade de sua amada se parece com uma paisagem de pintor romântico alemão: repleta de árvores com formas inimaginavelmente retorcidas, encimadas por um céu distante e azul, a morada de Deus: cada vez que ele entra nessa paisagem, sente um desejo irresistível de cair de joelhos e ficar ali como diante de um milagre divino.

16

Pouco a pouco, o hall vai se enchendo, ali estão muitos entomologistas franceses e também alguns estrangeiros, entre os quais um tcheco de uns sessenta anos que dizem ser uma personalidade importante do novo regime, talvez um ministro, ou o presidente da Academia de Ciências, ou no mínimo um pesquisador que pertence a essa mesma Academia. Em todo caso, até mesmo por simples curiosidade, é o personagem mais interessante daquela reunião (ele representa uma nova época da História, depois que o comunismo foi para a noite dos tempos); no entanto, no meio da multidão barulhenta, ele se posta, grande e desajeitado, completamente só. Já faz um certo tempo que as pessoas se precipitaram para apertar-lhe a mão e fazer algumas perguntas, mas a discussão parou muito antes do previsto e, depois das quatro primeiras frases trocadas, não sabiam mais o que conversar com ele. Pois, afinal de contas, não havia assunto comum. Os franceses voltaram rapidamente a seus problemas, ele tentou acompanhá-los, de vez em quando acrescentava "em nosso país, pelo contrário", depois, compreendendo que ninguém se interessava pelo que se passava "em nosso país, pelo contrário", afastou-se, o rosto coberto com um véu de melancolia que não era amarga nem infeliz, mas lúcida e quase condescendente.

Enquanto os outros enchem ruidosamente o hall onde existe um bar, ele entra na sala vazia, onde quatro mesas compridas, dispostas num quadrado, aguardam a abertura do colóquio. Perto da porta, fica uma mesa pequena com a lista dos convidados e uma moça que parece tão abandonada quanto ele. Ele se inclina para ela e diz seu nome. Ela obriga-o a pronunciá-lo duas vezes mais. Na terceira vez não ousa fazê-lo repetir novamente e, ao acaso, procura em sua lista um nome que se pareça com o som que ouviu.

Cheio de amabilidade paternal, o sábio tcheco inclina-se sobre a lista, encontra seu nome e coloca em cima o dedo indicador: CHECHORIPSKY.

"Ah, senhor Sechoripi?", ela diz.

"É preciso pronunciar Tché-kho-rjips-qui."

"Oh, não é nada fácil!"

"Aliás, também não está escrito certo", diz o sábio. Pega a caneta que está sobre a mesa e marca em cima do *C* e do *R* pequenos sinais parecidos com um acento circunflexo invertido.

A secretária olha para os sinais, olha para o sábio e suspira:

"É bem complicado!"

"Ao contrário, é muito simples."

"Simples?"

"Você conhece Jean Hus?"

A secretária dá uma olhada na lista dos convidados e o sábio tcheco se apressa em explicar:

"Como você sabe, ele foi um grande reformador da Igreja. Um precursor de Lutero. Professor da Universidade Charles, que, como você sabe, foi a primeira universidade fundada no Santo Império Romano. Mas o que você não sabe é que Jean Hus foi ao mesmo tempo um grande reformador da ortografia. Conseguiu simplificá-la de modo maravilhoso. Para escrever o que vocês pronunciam como *tch*, são obrigados a utilizar três letras: *t, c, h*. Os alemães precisam até mesmo de quatro letras: *t, s, c, h*. Enquanto, graças a Jean Hus, precisamos apenas de uma letra, *c*, com este pequeno sinal em cima."

O sábio inclina-se mais uma vez sobre a mesa da secretária e, à margem da lista, escreve um *c*, bem grande, com um acento circunflexo invertido: Č; depois olha bem em seus olhos e articula com uma voz clara e muito nítida:

"Tch!"

A secretária também olha bem nos olhos dele e repete:

"Tch."

"Isso. Perfeito!"

"É realmente muito prático. Pena que a reforma de Lutero seja conhecida apenas em seu país."

"A reforma de Jean Hus" — disse o sábio, fingindo não ter ouvido a gafe da francesa — "não ficou inteiramente ignorada. Existe um outro país onde é utilizada... Você sabe qual, não é?"

"Não."

"A Lituânia!"

"A Lituânia", repete a secretária, procurando em vão na sua memória em que canto do mundo colocar esse país.

"E também a Letônia. Agora você compreende por que nós tchecos sentimos tanto orgulho desses sinais em cima das letras. (Com um sorriso.) Estamos prontos a trair tudo. Mas por esses sinais lutaremos até a última gota de nosso sangue."

Inclina-se diante da moça e dirige-se para o quadrado das mesas. Diante de cada cadeira está um cartão com um nome. Encontra o seu, olha-o demoradamente, depois o pega entre os dedos e, com um sorriso tristonho mas que perdoa, vai mostrá-lo à secretária.

Enquanto isso, um outro entomologista para diante da mesa, na entrada, para que a moça faça uma cruz ao lado de seu nome. Ela vê o sábio tcheco e diz:

"Um minutinho, senhor Chipiqui!"

Este faz um gesto magnânimo para dizer: não se incomode, senhorita, não estou com pressa. Pacientemente, e até com uma modéstia tocante, ele espera ao lado da mesa (ainda pararam ali dois outros entomologistas) e, quando a secretária fica finalmente livre, mostra o pequeno cartão:

"Olha, é engraçado, não é?"

Ela olha sem compreender grande coisa:

"Mas, senhor Chenipiqui, os acentos estão aí!"

"Realmente, mas são acentos circunflexos normais! Esqueceram de invertê-los! E veja onde os colocaram! Em cima do *E* e em cima do *O*! Cêchôripsky!"

"É, o senhor tem razão!", concorda a secretária, indignada.

"Fico pensando" — diz o sábio tcheco, cada vez mais melancólico — "por que se esquecem sempre deles. Eles são poéticos, esses acentos circunflexos invertidos! Você não acha? Como pássaros voando! Como pombas de asas abertas! (com uma voz muito terna:) Se preferir, como borboletas."

Inclina-se mais uma vez sobre a mesa para apanhar a caneta e corrigir no pequeno cartão a ortografia de seu nome. Faz tudo modestamente, como se se desculpasse, e depois, sem dizer uma palavra, vai embora.

A secretária olha-o sair, grande, curiosamente disforme, e sente-se de repente invadida por uma ternura maternal. Imagina um acento circunflexo invertido que, como uma borboleta, voasse em volta do sábio e no fim se sentasse sobre sua cabeleira branca.

Dirigindo-se para sua cadeira, o sábio tcheco vira a cabeça e vê o sorriso emocionado da secretária. Responde com outro sorriso, e enquanto anda sorri mais três vezes. São sorrisos melancólicos e no entanto orgulhosos. Um orgulho melancólico: é assim que se poderia definir o sábio tcheco.

17

Que ele tenha se sentido melancólico depois de ver os acentos mal colocados em seu nome, todo mundo pode compreender. Mas de onde tirava seu orgulho?

Eis o dado essencial de sua biografia: um ano depois da invasão russa em 1968, ele foi expulso do Instituto Entomológico e precisou trabalhar como operário no prédio; isso até o fim da ocupação, em 1989, ou seja, durante quase vinte anos.

Mas não são centenas, milhares, as pessoas que constantemente perdem seus cargos nos Estados Unidos, na França, na Espanha, em toda parte? Sofrem, mas não têm nenhum orgulho disso. Por que o sábio tcheco sente orgulho e eles não?

Porque ele foi expulso de seu trabalho não por razões econômicas, mas políticas.

Que seja. Mas nesse caso é preciso explicar por que a infelicidade causada por razões econômicas é menos grave e menos digna. Um homem que é demitido porque desagradou a seu chefe deve sentir vergonha, enquanto aquele que perdeu seu cargo por causa de suas opiniões políticas tem o direito de se gabar? Por quê?

Porque numa demissão por motivos econômicos o demitido desempenha um papel passivo, em sua atitude não há nenhuma coragem a ser admirada.

Isso parece evidente, mas não é. Pois o sábio tcheco, que foi expulso de seu trabalho depois de 1968, quando o Exército

43

russo instalou no país um regime particularmente detestável, também não realizou nenhum ato de coragem. Diretor de uma seção de seu instituto, só se interessava por moscas. Um dia, inesperadamente, um grupo de notórios adversários do regime irrompeu em seu escritório e pediu-lhe para colocar uma sala à disposição deles para que pudessem fazer ali reuniões semiclandestinas. Agiram de acordo com a regra do judô moral: chegando de surpresa e formando eles próprios uma pequena plateia de observadores. O confronto inesperado pôs o sábio numa situação de total embaraço. Dizer "sim" acarretaria imediatamente riscos bastante aborrecidos: poderia perder seu cargo e seus três filhos seriam proibidos de frequentar a universidade. Mas não tinha coragem suficiente para dizer "não" à pequena plateia que já zombava de antemão de sua covardia. Portanto, acabou concordando e sentiu desprezo por si mesmo, por sua timidez, sua fraqueza, sua incapacidade de resistir a uma imposição. Foi então, para sermos precisos, por causa de sua covardia que foi em seguida expulso de seu trabalho e seus filhos expulsos da escola.

Se é assim, por que diabo ele se sente orgulhoso?

Quanto mais o tempo passou, mais ele esqueceu sua aversão primitiva pelos adversários e mais se habituou a ver em seu "sim" um ato voluntário e livre, uma expressão de sua revolta pessoal contra o poder detestado. Desse modo, acredita pertencer à categoria daqueles que subiram no grande palco da História, e é dessa certeza que tira seu orgulho.

Mas não é realmente verdade que, frequentemente, muitas pessoas se veem implicadas em inumeráveis conflitos políticos e que isso faz com que se sintam orgulhosas por terem subido no grande palco da História?

Devo tornar minha tese mais precisa: o orgulho do sábio tcheco não se deve ao fato de ele ter subido no palco da História num momento qualquer, mas naquele momento exato em que esse palco estava iluminado. O palco iluminado da História chama-se Atualidade Histórica Planetária. Praga, em 1968, iluminada por projetores e observada pelas câmeras, foi uma Atualidade Histórica Planetária por excelência, e o sábio tcheco tem orgulho de ainda hoje sentir o beijo dela em sua testa.

Mas uma grande negociação comercial, as conferências de cúpula dos grandes desse mundo, são também atualidades importantes, também iluminadas, filmadas, comentadas; por que não despertam então em seus protagonistas o mesmo sentimento emocionado de orgulho?

Apresso-me em acrescentar uma última precisão: o sábio tcheco não foi tocado pela graça de uma Atualidade Histórica Planetária qualquer, mas por aquela a que chamamos de Sublime. A Atualidade é Sublime quando o homem que está na parte dianteira do palco sofre enquanto ao fundo ressoa o crepitar do tiroteio e acima paira o Arcanjo da morte.

Eis portanto a fórmula definitiva: o sábio tcheco está orgulhoso de ter sido tocado pela graça de uma Atualidade Histórica Planetária Sublime. Sabe muito bem que essa graça o distingue de todos os noruegueses e dinamarqueses, de todos os franceses e ingleses presentes com ele na sala.

18

Na mesa da presidência, há um lugar em que os oradores se alternam; ele não os escuta. Espera sua vez, de vez em quando põe a mão no bolso e toca as cinco folhas de sua pequena intervenção que, sabe bem, não é nada de extraordinário: tendo ficado afastado do trabalho científico durante vinte anos, não pôde senão resumir o que havia tornado público quando, jovem pesquisador, descobrira e descrevera uma espécie desconhecida de moscas que batizara de *musca pragensis*. Depois, ouvindo o presidente pronunciar as sílabas que certamente significam seu nome, levanta-se e dirige-se para o lugar reservado aos oradores.

No decorrer dos vinte segundos que dura o seu deslocamento, acontece-lhe algo de inesperado: ele sucumbe à emoção: meu Deus, depois de tantos anos, encontra-se de novo diante das pessoas que estima e que o estimam, entre os sábios que lhe são próximos e de cujo meio o destino o tinha arrancado; quando para diante da cadeira vazia que lhe é destinada, ele não se senta; pelo menos uma vez, quer obedecer a seus sentimentos, ser espontâneo e dizer a seus colegas desconhecidos o que sente.

"Desculpem-me, senhoras e senhores, por lhes falar de minha emoção, que eu não esperava sentir e que me surpreendeu. Depois de uma ausência de quase vinte anos, posso novamente me dirigir a uma assembleia de pessoas que refletem sobre os mesmos problemas que eu, que são animadas pela mesma paixão que me anima. Venho de um país onde um homem, somente por dizer em voz alta o que pensava, podia ser privado do próprio sentido da sua vida, pois para um homem de ciência o sentido de sua vida nada mais é do que sua ciência. Como sabem, dezenas de milhares de homens, toda a intelligentsia de meu país, foram expulsos de seus cargos depois do trágico verão de 1968. Há apenas seis meses, eu ainda estava trabalhando como operário. Não, não há nada de humilhante nisso, aprende-se muita coisa, ganha-se a amizade de pessoas simples e admiráveis, e percebe-se também que nós, os homens de ciência, somos privilegiados, pois fazer um trabalho que é ao mesmo tempo uma paixão é um privilégio, sim, meus amigos, um privilégio que os meus companheiros operários do prédio nunca tiveram, porque é impossível carregar vigas de madeira com paixão. Esse privilégio, que me foi recusado durante vinte anos, eu o tenho de volta e sinto-me como se estivesse embriagado. Isso explica, caros amigos, porque vivo esses momentos como se vivesse uma verdadeira festa, mesmo que essa festa seja para mim um tanto melancólica."

Ao pronunciar as últimas palavras, sente as lágrimas subirem-lhe aos olhos. Isso o encabula um pouco, vem-lhe a imagem de seu pai que, já velho, se emocionava sem parar e chorava à toa, mas em seguida pensa consigo mesmo, por que não se deixar levar pelo menos uma vez: essa gente deveria sentir-se honrada com sua emoção, que ele lhes oferece como um pequeno presente trazido de Praga.

Não se enganou. A plateia também está emocionada. Mal ele acaba de pronunciar a última palavra, Berck se levanta e aplaude. A câmera chega ali imediatamente, filma seu rosto, suas mãos que aplaudem, e filma também o sábio tcheco. A sala toda se levanta, lenta ou rapidamente, rostos sorridentes ou graves, todos batem palmas, e isso lhes agrada tanto que não sabem quando parar, o sábio tcheco está de pé diante deles, alto, muito alto, desajeitadamente alto, e quanto mais a falta de jeito emana de sua estatura, mais ele é tocante e se sente tocado, se bem que suas lágrimas não estejam mais discretamente acumuladas sob suas pálpebras e desçam solenemente em torno de seu nariz, sobre sua boca, seu queixo, à vista de seus colegas que se põem a aplaudir, se isto é possível, com mais força ainda.

Afinal, a ovação se atenua, as pessoas tornam a se sentar e o sábio tcheco diz com voz trêmula:

"Muito obrigado, meus amigos, muito obrigado, de todo o meu coração."

Inclina-se e dirige-se para seu lugar. E sabe que está vivendo o maior momento de sua vida, o momento de glória, sim, de glória, por que não dizer essa palavra, sente-se grande e belo, sente-se célebre e deseja que sua caminhada até a cadeira seja longa e nunca termine.

19

Enquanto se encaminhava para a cadeira, o silêncio reinava na sala. Talvez seja mais correto dizer que os silêncios ali reinavam. O sábio só distinguia um deles: o silêncio emocionado. Não se dava conta de que, progressivamente, como uma modulação imperceptível que faz uma sonata passar de um tom a outro, o silêncio emocionado tinha se convertido em silêncio embaraçado. Todo mundo havia compreendido que esse senhor de nome impronunciável estava ele próprio a tal ponto emocionado que se esquecera de ler a intervenção que lhes forneceria informações sobre suas descobertas a respeito de novas moscas. E todos sabiam que seria indelicado lembrar-lhe isso. Depois de uma longa hesitação, o presidente do colóquio tosse e diz:

"Agradeço ao senhor Tchecochipi" (fica calado durante um bom tempo para dar ao convidado uma última oportunidade de se lembrar) "e chamo o próximo conferencista." Nesse momento, o silêncio é brevemente interrompido por um riso abafado no fundo da sala.

Mergulhado em seus pensamentos, o sábio tcheco não ouve nem o riso nem a intervenção de seu colega. Outros oradores se sucedem até que um sábio belga, que como ele estuda as moscas, desperta-o de seu recolhimento: meu Deus, ele esqueceu de pronunciar seu discurso! Põe a mão no bolso, as cinco folhas de papel estão lá para provar que não está sonhando.

Seu rosto queima. Sente-se ridículo. Será que ainda pode salvar alguma coisa? Não, sabe que não pode mais salvar coisa nenhuma.

Depois de alguns momentos de vergonha, uma estranha ideia vem consolá-lo: é verdade que fez um papel ridículo; mas não há nada de negativo, nada de vergonhoso ou de depreciativo nisso; esse ridículo que lhe aconteceu por acaso intensifica ainda mais a melancolia inerente à sua vida, torna seu destino ainda mais triste e, sendo assim, ainda mais grandioso e belo.

Não, o orgulho jamais abandonará a melancolia do sábio tcheco.

20

Todas as reuniões têm seus desertores, que se reúnem numa sala contígua para beber. Vincent, cansado de escutar os entomologistas e não se divertindo o bastante com a curiosa performance do sábio tcheco, encontra-se no hall com os outros desertores em torno de uma longa mesa perto do bar.

Depois de ficar calado bastante tempo, consegue começar uma conversa com os desconhecidos: "Tenho uma namorada que gosta que eu seja bruto."

Quando é Pontevin quem diz isso, faz uma pequena pausa durante a qual todo o auditório cai num silêncio atento. Vincent tenta fazer a mesma pausa e, de fato, ouve crescer uma risada, uma grande risada; isso o estimula, seus olhos brilham, faz um grande gesto com a mão para acalmar seus ouvintes mas, nesse momento, constata que todos estão olhando para o outro lado da mesa, divertindo-se com a discussão entre dois senhores que dizem horrores um para o outro.

Depois de um ou dois minutos, consegue mais uma vez se fazer ouvir: "Estava dizendo que minha namorada exige de mim um comportamento brutal".

Dessa vez, todo mundo o escuta e Vincent não comete mais o erro de fazer uma pausa; fala cada vez mais depressa, como se quisesse fugir de alguém que o perseguisse para interrompê-lo:

49

"Mas eu não consigo, sou fino demais, sabe?" E, como resposta a essas palavras, começa ele mesmo a rir. Constatando que seu riso fica sem eco, apressa-se em continuar e acelera ainda mais o final de seu discurso: "Há uma jovem datilógrafa que vem sempre à minha casa, costumo ditar para ela..."

"Ela escreve no computador?", pergunta um homem, subitamente interessado.

Vincent responde:

"Sim."

"De que marca?"

Vincent cita uma marca. O homem tem um de outra marca e começa a contar histórias que viveu com seu computador, que adquiriu o hábito de lhe fazer as piores safadezas. Todo mundo ri, caindo muitas vezes na gargalhada.

E Vincent lembra-se tristemente de sua velha ideia: pensamos sempre que as chances de um homem são mais ou menos determinadas por sua aparência, pela beleza ou pela feiura de seu rosto, por sua altura, por seus cabelos ou pela falta deles. Errado. É a voz que decide tudo. E a de Vincent é fraca e aguda demais; quando começa a falar, ninguém percebe, de modo que ele é obrigado a forçá-la e então todo mundo tem a impressão que está gritando. Pontevin, ao contrário, fala suavemente, e sua voz baixa ressoa, agradável, bonita, poderosa, de modo que todos só têm ouvidos para ele.

Ah, Pontevin danado. Tinha prometido ir ao colóquio com ele e toda a turma, mas depois se desinteressou, fiel à sua natureza mais inclinada a discursos do que às ações. Por um lado, Vincent tinha ficado decepcionado com isso, por outro sentira-se ainda mais obrigado a não trair a imposição de seu mestre, que na véspera da sua partida tinha dito:

"Você tem que nos representar. Dou-lhe plenos poderes para agir em nosso nome, por nossa causa comum."

Claro, era uma imposição brincalhona, mas a turma do café gascão está convencida de que, nesse nosso mundo fútil, só as imposições brincalhonas merecem ser obedecidas. Em sua memória, ao lado da cabeça do sutil Pontevin, Vincent vê a boca enorme de Machu que ri aprovando. Apoiando-se nessa mensagem e nesse sorriso, decide agir; olha em volta e enxerga, no grupo que está perto do bar, uma moça que lhe agrada.

21

Os entomologistas são cafajestes diferentes: não ligam para a moça apesar de ela os escutar com a maior boa vontade do mundo, pronta a rir quando é preciso e a ficar séria quando eles também ficam. Ela visivelmente não conhece nenhum homem presente e suas reações simpáticas, que ninguém nota, disfarçam uma alma assustada. Vincent levanta-se de sua mesa, aproxima-se do grupo onde está a moça e dirige-se a ela. Logo se afastam dos outros e se envolvem numa conversa que, desde o começo, promete ser fácil e interminável. Ela se chama Julie, é datilógrafa, presta pequenos serviços ao presidente dos entomologistas; livre desde o começo da tarde, aproveitou a ocasião para passar a noite naquele famoso castelo, entre pessoas que a intimidam mas que, ao mesmo tempo, despertam sua curiosidade, pois até a véspera nunca tinha visto um entomologista em sua vida. Vincent se sente bem com ela, não é obrigado a levantar a voz, ao contrário, ele a abaixa para que os outros não os escutem. Depois, dirigem-se para uma mesa pequena onde podem se sentar um em frente ao outro e ele coloca a mão sobre a dela.

"Sabe, tudo depende da força da voz. É mais importante do que ter um rosto bonito."

"Você tem uma voz bonita."

51

"Você acha?"

"Acho."

"Mas fraca."

"É isso que é agradável. Eu tenho voz feia, rascante, estridente como uma gralha velha, você não acha?"

"Não", diz Vincent com uma certa ternura, "gosto da sua voz, ela é provocante, desrespeitosa."

"Você acha?"

"Sua voz é como você!", diz Vincent afetuosamente. "Você também é desrespeitosa e provocante."

Julie gosta de ouvir o que Vincent está lhe dizendo:

"É, acho que sim."

"Esses sujeitos são uns idiotas", diz Vincent.

Ela está inteiramente de acordo:

"Inteiramente."

"Pretensiosos. Burgueses. Você viu Berck? Que cretino!"

Ela está inteiramente de acordo. Esses sujeitos se comportaram com ela como se ela fosse invisível e tudo que ouvir contra eles lhe agrada. Sente-se vingada. Vincent parece-lhe cada vez mais simpático, é bonito, alegre e simples e não é absolutamente um sujeito pretensioso.

"Tenho vontade de aprontar uma aqui..."

Isso soa bem: como se fosse uma promessa de motim. Julie sorri, gostaria de aplaudir.

"Vou buscar um uísque para você!", ele diz dirigindo-se ao bar do outro lado do hall.

22

Enquanto isso, o presidente encerra o colóquio, os participantes deixam a sala ruidosamente e o hall fica logo cheio. Berck aborda o sábio tcheco.

"Fiquei muito comovido com o seu...", hesita de propósito para deixar perceber até que ponto é difícil para ele encontrar uma palavra suficientemente delicada para qualificar o gênero de discurso que o tcheco pronunciou.

"Com o seu testemunho. Somos inclinados a esquecer muito depressa. Queria assegurá-lo de que fiquei extremamente sensibilizado com o que aconteceu em seu país. Vocês foram o orgulho da Europa, que não tem, em si mesma, muitas razões para sentir orgulho."

O sábio tcheco faz um vago gesto de protesto para expressar sua modéstia.

"Não, não proteste", continua Berck, "faço questão de dizê-lo. Vocês, precisamente vocês, os intelectuais de seu país, manifestando uma resistência decidida contra a opressão comunista, mostraram a coragem que muitas vezes nos falta, mostraram uma tal sede de liberdade, diria mesmo uma tal bravura pela liberdade, que se tornaram um exemplo a ser seguido. Aliás", ele acrescenta, para dar a suas palavras um toque de familiaridade, uma marca de conivência, "Budapeste é uma cidade magnífica, cheia de vida e, permita que o diga, inteiramente europeia."

"O senhor quer dizer Praga?", diz timidamente o sábio tcheco.

Ah, maldita geografia! Berck compreendeu que ela o tinha feito cometer um pequeno erro e, controlando a irritação diante da falta de tato de seu colega, disse:

"Claro, quero dizer Praga, mas quero dizer também Cracóvia, quero dizer Sofia, quero dizer São Petersburgo, penso em todas as cidades do Leste que acabam de sair de um enorme campo de concentração."

"Não diga campo de concentração. Muitas vezes perdíamos nosso trabalho, mas não ficávamos em campos."

"Todos os países do Leste, meu caro, eram cobertos de campos! Campos reais ou simbólicos, isso não tem importância!"

"E não digam do Leste", continua a objetar o sábio tcheco. "Praga, como sabem, é uma cidade tão ocidental quanto Paris. A Universidade Charles, fundada no século XIV, foi a primeira universidade do Santo Império Romano. Foi lá, vocês com certeza sabem, que Jean Hus ensinou, ele que foi o precursor de Lutero, o grande reformador da Igreja e da ortografia.

Que mosca mordeu o sábio tcheco? Ele não para de corrigir seu interlocutor, que se irrita, mesmo que consiga não mudar o tom de voz:

"Caro colega, não tenha vergonha de pertencer ao Leste. A França tem a maior simpatia pelo Leste. Basta pensar em todos os emigrantes do século XIX!"

"Nós não tivemos nenhuma emigração no século XIX."

"E Mickiewicz? Fico orgulhoso que ele tenha encontrado na França sua segunda pátria!"

"Mas Mickiewicz não era...", continua a objetar o sábio tcheco.

Nesse momento, Immaculata entra em cena; faz gestos muito enérgicos em direção a seu cameraman, depois, com um movimento de mão, afasta o tcheco, instala-se ela mesma perto de Berck e dirige-se a ele:

"Jacques-Alain Berck..."

O cameraman recoloca a câmera no ombro:

"Um momento!"

Immaculata para, olha para o cameraman, depois mais uma vez para Berck:

"Jacques-Alain Berck..."

23

Quando, uma hora antes, Berck avistou Immaculata e seu cameraman na sala do colóquio, pensou que fosse gritar de horror. Mas, naquele momento, a irritação provocada pelo sábio tcheco prevaleceu sobre aquela causada por Immaculata; agradecido por tê-lo livrado do pedante exótico, ele até lhe dirige um vago sorriso.

Encorajada, ela fala com uma voz alegre e ostensivamente familiar: "Jacques-Alain Berck, nessa reunião de entomologistas a cuja família você pertence por coincidências de destino, você acaba de viver momentos cheios de emoção...", e ela aproxima o microfone de sua boca.

Berck responde como um aluno: "É, acolhemos entre nós um grande entomologista tcheco que, em vez de se dedicar à sua profissão, foi obrigado a passar toda sua vida na prisão. Ficamos todos emocionados com sua presença."

Ser dançarino não é apenas uma paixão, é também uma estrada da qual não se pode mais se afastar; quando Duberques humilhou-o depois do almoço dos aidéticos, Berck não foi para a Somália por excesso de vaidade, mas porque se sentia obrigado a consertar um passo de dança errado. Nesse momento, percebe a insipidez de suas frases, sabe que falta nelas alguma coisa, uma pitada de sal, uma ideia inesperada, uma surpresa. É por isso que, em vez de parar, continua a falar até sentir se aproximar de longe uma inspiração melhor: "E aproveito essa ocasião para anunciar-lhes minha proposta de fundar uma associação entomológica franco-tcheca". Surpreendido ele mesmo com essa ideia, sente-se imediatamente muito melhor. "Acabo de falar com meu colega de Praga"— faz um gesto vago em direção ao sábio tcheco — "que se mostrou encantado com a ideia de enriquecer essa associação com o nome de um grande poeta exilado do século passado que simbolizará para sempre a amizade de nossos dois povos. Mickiewicz. Adam Mickiewicz. A vida desse poeta é como uma lição que nos fará lembrar que tudo que fazemos, seja poesia ou ciência, é uma revolta." A palavra "revolta" recolocou-o definitivamente em forma. "Pois o homem é sempre um revoltado" — agora está realmente belo e sabe disso — "não é verdade, meu amigo?" Vira-se para o sábio tcheco, que aparece imediatamente na tela da televisão e inclina a cabeça como se quisesse dizer "sim". "O senhor provou-o com sua vida, com seus sacrifícios, sim, o senhor confirma isso, o homem digno desse nome está sempre em revolta, em revolta contra a opressão, e se não há mais opressão..." Faz uma longa pausa, só Pontevin sabe fazer pausas tão longas e tão eficazes; depois, em voz baixa: "...contra a condição humana que nós não escolhemos".

Revolta contra a condição humana que não escolhemos. A última frase, a flor de sua improvisação, surpreendeu-o a si mesmo; frase aliás realmente bela; ela o transporta bruscamente para além dos discursos dos políticos e o coloca em comunhão com os grandes espíritos de seu país: Camus poderia ter escrito uma frase assim, como também Malraux, ou Sartre.

Immaculata, feliz, faz um sinal para o cameraman e a câmera para.

Foi então que o sábio tcheco se aproximou de Berck e disse:

"Foi muito bonito, realmente, muito bonito, mas me permita dizer que Mickiewicz não era..."

Depois de suas aparições públicas, Berck fica sempre excitado; com uma voz firme, irônica e estridente, interrompe o sábio tcheco:

"Sei tanto quanto você, meu caro colega, que Mickiewicz não era entomologista. Aliás, acontece muito raramente que os poetas sejam entomologistas. Mas, apesar dessa desvantagem, eles são o orgulho de toda a humanidade, da qual fazem parte, com sua permissão, os entomologistas, inclusive o senhor."

Um grande riso liberador explode de repente como um

vapor que estivesse retido há muito tempo; realmente, assim que perceberam que aquele senhor, emocionado consigo mesmo, tinha esquecido de apresentar sua intervenção, todos os entomologistas ficaram com vontade de rir. As afirmações impertinentes de Berck os liberaram finalmente de seus escrúpulos e eles se divertem sem disfarçar sua felicidade.

O sábio tcheco está estupefato: onde se perdeu então o respeito que seus colegas lhe manifestaram apenas dois minutos antes? Como é possível que estejam rindo, como se permitem rir? Pode-se passar tão facilmente da adoração ao desprezo? (Mas claro, meu amigo, claro.)

Na mesma hora, Immaculata aproxima-se de Berck. Diz com uma voz forte e como que embriagada:

"Berck, Berck, você é maravilhoso! É você inteiro! Adoro sua ironia! Aliás, você me fez sofrer com ela! Lembra no ginásio? Berck, Berck, você se lembra de me chamar Immaculata! O pássaro noturno que impedia você de dormir! Que perturbava seus sonhos! Precisamos fazer juntos um filme, um perfil seu. Você tem que reconhecer que só eu tenho o direito de fazê-lo."

O riso com o qual os entomologistas o recompensaram pelas pancadas que ele dera no sábio tcheco ainda ressoa na cabeça de Berck, embriagando-o; em momentos assim, fica possuído de uma enorme autossatisfação, tornando-se capaz de atos perigosamente sinceros que muitas vezes até o assustam. Perdoemos portanto antecipadamente o que ele está para fazer. Pega Immaculata pelo braço, arrasta-a para o lado para se proteger dos ouvidos indiscretos e depois, em voz baixa, diz:

"Vai se foder, puta ordinária, com suas vizinhas doentes, vai se foder, pássaro da noite, espantalho da noite, pesadelo da noite, lembrança de minha burrice, monumento de minha estupidez, lixo de minhas lembranças, urina fedorenta de minha juventude..."

Ela ouve e não quer acreditar no que escuta. Pensa nessas palavras horríveis, ele as está dizendo para outra pessoa, para disfarçar alguma coisa, para enganar a plateia, acha que essas palavras são um disfarce que ela nem consegue compreender; pergunta doce e inocentemente:

"Por que você está me dizendo tudo isso? Por quê? Como devo entender?"

"Entenda como estou dizendo! No sentido literal! Exatamente no sentido literal! Puta velha como puta velha, chata como chata, pesadelo como pesadelo, urina como urina!"

24

Durante todo esse tempo, desde o bar do hall, Vincent observou o alvo de seu desprezo. Pelo fato de toda a cena ter se desenrolado a uns dez metros dele, nada entendeu da conversa. Uma coisa, porém, parecia-lhe clara: Berck apresentava-se a seus olhos como Pontevin sempre o descrevera: um palhaço da mídia, um cabotino, um olha-eu-aqui, um dançarino. Sem dúvida nenhuma, era somente em função de sua presença que uma equipe de televisão tinha ousado se interessar pelos entomologistas! Vincent observou-o atentamente, estudando sua arte de dançar: sua maneira de não tirar os olhos da câmera, sua habilidade para sempre se colocar na frente dos outros, a elegância com que sabe fazer um gesto com a mão para atrair a atenção para si. No momento em que Berck pega Immaculata pelo braço, ele não aguenta mais e exclama:

"Olhem só para ele, a única coisa que o interessa é a mulher da televisão! Não pegou seu colega estrangeiro pelo braço, pouco está ligando para seus colegas, principalmente se forem estrangeiros, seu único mestre é a televisão, sua única amante, sua única concubina, pois aposto que é o maior cuzão do universo!"

De forma curiosa, a sua voz, apesar de ser terrivelmente fraca, dessa vez é ouvida perfeitamente. Existe, na realidade, uma circunstância em que até a voz mais fraca é ouvida. É quando profere ideias que nos irritam. Vincent desenvolve suas reflexões, torna-se espirituoso, incisivo, fala dos dançarinos e do contrato que eles fizeram com o Anjo e, cada vez mais satisfeito com sua eloquência, vai de hipérbole em hipérbole da mesma forma que se sobe uma escada que vai dar no céu. Um homem moço de óculos, vestido de terno e colete, escuta e observa-o pacientemente, como um felino à espreita. Depois, quando Vincent já esgotou sua eloquência, ele diz:

"Meu senhor, não podemos escolher a época em que nascemos. E todos vivemos sob o olhar das câmeras. Daqui em diante, isso vai ser parte da condição humana. Mesmo quando fazemos uma guerra, nós a fazemos diante das câmeras. E quando queremos protestar contra o que quer que seja, não conseguimos nos fazer ouvir sem as câmeras. Somos todos dançarinos, como disse. Eu diria mais: ou somos dançarinos ou então somos desertores. O senhor parece ter pena, meu caro, de que o tempo ande para a frente. Volte então para trás! Para o século XII, será que gostaria? Mas quando chegasse lá, acabaria protestando contra as catedrais, considerando-as barbaridades modernas! Volte então para mais longe ainda! Volte para os macacos! Lá, nenhuma modernidade poderá ameaçá-lo, estará em casa, no paraíso imaculado dos macacos!"

Nada é mais humilhante do que não encontrar uma resposta ríspida para um ataque ríspido. Num embaraço indizível, sob risadas zombeteiras, Vincent covardemente se retira. Depois de um minuto de consternação, lembra-se que Julie está esperando por ele; vira de um gole só o copo que conservou intacto na mão; depois, coloca-o no balcão do bar e pega dois outros copos de uísque, um para ele, outro para levar para Julie.

25

A imagem do homem de terno e colete ficou enterrada em sua alma como um espinho, não consegue se livrar dela; isso torna-se ainda mais penoso porque, ao mesmo tempo, ele está querendo seduzir uma mulher. Mas como seduzi-la se seu pensamento está ocupado por um espinho que lhe dói?

Ela percebe o estado de ânimo dele:

"Onde você estava durante esse tempo todo? Pensei que não fosse voltar mais. Que quisesse me deixar de lado."

Compreende que ela gosta dele e isso alivia um pouco a dor provocada pelo espinho. Tenta ser sedutor outra vez, mas ela fica desconfiada:

"Não me venha com histórias. Você está diferente. Encontrou algum conhecido?"

"Não, não", diz Vincent.

"É claro que sim. Você encontrou uma mulher. E, por favor, se quiser ficar com ela, pode ficar, meia hora atrás eu não conhecia você. Posso então continuar a não conhecer."

Ela está cada vez mais triste e, para um homem, não há melhor bálsamo do que a tristeza que causou a uma mulher.

"Não, acredite, não encontrei nenhuma mulher. Havia lá um chato, um tremendo cretino com quem tive uma discussão. Foi só isso, só isso", e ele acaricia a face dela com tanta sinceridade, com tanta ternura, que ela para de se preocupar.

"Mesmo assim, Vincent, você está completamente diferente."

"Vem", ele diz, e a convida para ir com ele ao bar. Quer extirpar o espinho de sua alma com uma enxurrada de uísque. O elegante de colete continua lá, acompanhado de alguns outros. Não há nenhuma mulher nas proximidades, e isso faz bem a Vincent, acompanhado de Julie, que lhe parece de repente cada vez mais bonita. Pega mais dois copos de uísque, oferece um a ela, bebe o outro rapidamente, depois vira-se para ela:

"Veja ali, aquele cretino de colete, de óculos."

"Aquele? Mas Vincent, ele é insignificante, completamente insignificante, como você pode se preocupar com ele?"

"Tem razão. É um fodido. É um brocha. Não tem colhões", diz Vincent, e parece-lhe que a presença de Julie o afasta de sua derrota, pois a verdadeira vitória, a única que vale a pena, é a conquista de uma mulher que se conseguiu paquerar com a maior rapidez no meio sinistramente antierótico dos entomologistas.

"Insignificante, insignificante, garanto a você", repete Julie.

"Tem razão", diz Vincent, "e se continuo a me preocupar com ele acabo tão cretino quanto ele." E ali, perto do bar, na frente de todo mundo, ele a beija na boca.

Foi o primeiro beijo deles.

Saem para o parque, passeiam, param e beijam-se de novo. Depois, encontram um banco no gramado e sentam-se. De longe, chega até eles o murmúrio do rio. Estão extasiados e não sabem por quê; mas eu sei: estão ouvindo o rio de Madame de T., o rio de suas noites de amor; do fundo do poço do tempo, o século dos prazeres envia a Vincent uma discreta saudação.

E ele, como se percebesse isso:

"Antigamente, nesses castelos, faziam orgias. No século XVIII, sabia? Sade. O marquês de Sade. *A filosofia na alcova.* Conhece esse livro?"

"Não."

"Precisa conhecer. Vou emprestá-lo a você. É sobre uma conversa entre dois homens e duas mulheres no meio de uma orgia."

"Sei", ela diz.

"Os quatro estão nus, fazendo amor, todos juntos."

"Sei."

"Você gostaria, não é?"

"Não sei", ela diz. Mas esse "não sei" não é uma recusa, é a tocante sinceridade de uma modéstia exemplar.

Não se arranca um espinho tão facilmente. Podemos controlar a dor, sufocá-la, fingir que não se pensa mais nela, mas essa simulação é um esforço. Se Vincent fala tão apaixonadamente de Sade e de suas orgias é mais para tentar esquecer o vexame que o elegante de colete o fez passar do que para corromper Julie.

"Mas sim", ele diz, "você sabe muito bem", e ele a abraça e beija. "Você sabe muito bem que gostaria disso." E tem vontade de citar muitas frases para ela, lembrar muitas situações que conhece desse livro fantástico que se chama *A filosofia na alcova*.

Depois, eles se levantam e continuam o passeio. A grande lua sai da copa das árvores. Vincent olha Julie e, subitamente, está enfeitiçado: a luz branca deu à moça a beleza de uma fada, uma beleza que o surpreende, beleza nova que ele antes não vira nela, beleza fina, frágil, casta, inacessível. E, de repente, ele nem mesmo sabe como isso aconteceu, ele imagina o seu buraco do cu. Bruscamente, inopinadamente, essa imagem fica ali e ele não consegue mais se livrar dela.

Ah, o cu libertador! Foi graças a ele que o elegante de colete (finalmente, finalmente!) desapareceu por completo. O que muitos copos de uísque não conseguiram fazer, um cu conseguiu em apenas um segundo! Vincent abraça Julie, beija-a, apalpa seus seios, contempla sua beleza delicada de fada, e enquanto isso imagina sem parar o seu cu. Tem uma vontade imensa de dizer-lhe: "Apalpo seus seios mas só penso no seu cu". Mas não pode, as palavras não saem de sua boca. Quanto mais ele pensa no cu de Julie, mais ela está branca, transparente e angélica, tanto que fica impossível para ele pronunciar essas palavras em voz alta.

26

Vera dorme e eu, de pé diante da janela aberta, olho duas pessoas que passeiam no parque do castelo numa noite enluarada.

De repente, ouço a respiração de Vera acelerar-se, viro para sua cama e compreendo que num instante ela vai começar a gritar. Nunca a vi ter pesadelos! O que está acontecendo neste castelo?

Acordo-a e ela me olha, com os olhos arregalados, cheios de medo. Depois conta, precipitadamente, como num acesso de febre:

"Estava num corredor muito comprido deste hotel. De repente, ao longe, surgiu um homem que veio correndo em minha direção. Quando chegou a uns dez metros, o homem começou a gritar. E, imagina, ele falava tcheco! Frases completamente sem pé nem cabeça: 'Mickiewicz não é tcheco! Mickiewicz é polonês!'. Depois, aproximou-se, ameaçador, já muito perto de mim, e foi aí que você me acordou."

"Desculpe", eu disse, "você é vítima de minhas elucubrações."

"Como assim?"

"Como se os seus sonhos fossem uma lixeira onde eu jogasse as páginas bobas demais."

"O que é que você está inventando? Um romance?", ela pergunta angustiada.

Balanço a cabeça.

"Você muitas vezes me disse que um dia queria escrever um romance em que não houvesse nenhuma palavra séria. Uma Grande Bobagem Para Seu Prazer. Receio que tenha chegado o momento. Quero só lhe prevenir: preste atenção."

Balanço mais ainda a cabeça.

"Lembra do que a sua mãe dizia? Escuto sua voz como se fosse ontem: Milanku, pare de fazer essas brincadeiras. Ninguém vai compreender você. Vai acabar ofendendo todo mundo e todo mundo vai acabar detestando você. Você se lembra?"

"Lembro", respondo.

"Estou avisando. A seriedade protegia você. A falta de seriedade deixará você nu diante dos lobos. E você sabe que os lobos estão à espreita."

Depois dessa terrível profecia, ela tornou a dormir.

27

Foi mais ou menos nesse momento que o sábio tcheco voltou para seu quarto, deprimido, com a alma machucada. Ainda tem nos ouvidos o riso que irrompeu depois dos sarcasmos de Berck. E continua confuso: pode-se realmente passar tão rápido da admiração ao desprezo?

Realmente, fico pensando, para onde foi o beijo que a Atualidade Histórica Planetária Sublime deu em sua testa?

É aí que se enganam aqueles que cortejam a Atualidade. Não sabem que as situações que a História coloca em cena só ficam iluminadas durante os primeiros minutos. Acontecimento algum fica atual em toda a sua duração, mas apenas durante um lapso de tempo muito curto e bem no início. As crianças moribundas da Somália, que milhões de espectadores olhavam avidamente, não estão mais morrendo? O que foi feito delas? Engordaram ou emagreceram? A Somália ainda existe? E, afinal, será que existiu mesmo? Não seria ela apenas o nome de uma miragem?

A maneira como se conta a História contemporânea se parece com um grande concerto em que se apresentariam uma depois da outra as cento e trinta e oito obras de Beethoven, mas tocando apenas os oito primeiros compassos de cada uma. Se se refizesse o mesmo concerto dez anos depois, não se tocaria, de cada peça, senão a primeira nota, portanto cento e trinta e oito notas, durante o concerto todo, apresentadas como uma única melodia. E, em vinte anos, toda a música de Beethoven se resumiria em uma única nota aguda, que se pareceria com aquela, infinita e muito alta, que ele ouviu no primeiro dia de sua surdez.

O sábio tcheco está mergulhado em sua melancolia e, como uma espécie de consolo, vem-lhe a ideia de que, da época de seu trabalho heroico como operário, que todos querem esquecer, ele guarda uma lembrança material e palpável: uma excelente musculatura. Um discreto sorriso de satisfação desenha-se em seu rosto, pois está certo de que ninguém entre as pessoas ali presentes tem músculos como os dele.

Acreditem ou não, essa ideia, aparentemente risível, lhe faz realmente bem. Tira seu casaco e deita-se de barriga para baixo no chão. Depois, levanta o corpo com os braços. Torna a fazer esse movimento vinte e seis vezes e fica contente consigo mesmo. Lembra-se do tempo em que, com seus companheiros do prédio, ia tomar banho depois do batente num pequeno lago que havia atrás do canteiro de obras. Para dizer a verdade, era então cem vezes mais feliz do que está se sentindo hoje nesse castelo. Os operários chamavam-no de Einstein e gostavam dele.

A ideia lhe vem, frívola (ele se dá conta dessa frivolidade e até gosta dela), de tomar banho na bela piscina do hotel. Com uma vaidade alegre, inteiramente consciente, quer mostrar seu corpo aos intelectuais magrelas desse país sofisticado, hiperculto e, em suma, pérfido. Felizmente, trouxe de Praga seu calção de banho (leva-o para todo lado), veste-o e olha-se, seminu, no espelho. Dobra seus braços, e os bíceps incham-se magnificamente. "Se alguém quiser negar meu passado, eis meus músculos, prova irrefutável!" Imagina seu corpo passeando em volta da piscina, mostrando aos franceses que existe um valor inteiramente elementar, que é a perfeição corporal, a perfeição da qual ele pode se gabar e da qual eles não têm nenhuma ideia. Depois, ele acha um pouco sem propósito o fato de andar quase nu pelos corredores do hotel e veste uma camiseta. Falta resolver o problema dos pés. Deixá-los descalços parece tão pouco apropriado quanto calçar os sapatos; decide então conservar apenas as meias. Vestido assim, olha-se mais uma vez no espelho. Mais uma vez, sua melancolia encontra-se com seu orgulho e, mais uma vez, sente-se seguro de si.

28

O cu. Podemos dizer de outra maneira, por exemplo, como Guillaume Apollinaire: a nona porta de seu corpo. Seu poema sobre as nove portas do corpo da mulher existe em duas versões: a primeira, ele mandou para a sua amante Lou, numa carta escrita das trincheiras no dia 11 de maio de 1915, a outra, enviou do mesmo lugar para uma outra amante, Madeleine, no dia 21 de setembro do mesmo ano. Os poemas, todos os dois belos, diferem por sua imaginação, mas são compostos da mesma maneira: cada estrofe é consagrada a uma das portas do corpo de sua amada: um olho, outro olho, uma orelha, outra orelha, a narina direita, a narina esquerda, a boca, depois, no poema para Lou, "a porta do teu traseiro" e, finalmente, a nona porta, a vulva. No entanto, no segundo poema, no de Madeleine, aparece ao final uma curiosa mudança de portas. A vulva retrocede para oitavo lugar e é o cu, abrindo-se "entre duas montanhas de pérola", que se tornará a nona porta: "mais misteriosa ainda que as outras", a porta "dos sortilégios de que não se ousa falar", a "porta suprema".

Penso nesses quatro meses e dez dias que separam os dois poemas, quatro meses que Apollinaire passou nas trincheiras, mergulhado em sonhos eróticos intensos que o levaram a essa mudança de perspectiva, a essa revelação: é o cu o ponto milagroso em que se concentra a energia nuclear da nudez. A porta da vulva é importante, claro (claro, quem ousaria negá-lo?), mas oficialmente importante demais, local registrado, classificado, controlado, comentado, examinado, experimentado, guardado, cantado, celebrado. A vulva, encruzilhada ruidosa em que se encontra a humanidade tagarela, túnel pelo qual passam as gerações. Apenas os otários se deixam convencer pela intimidade desse lugar, o mais público de todos. O único lugar verdadeiramente íntimo, o tabu diante do qual até os filmes pornográficos se dobram, é o cu, a porta suprema; suprema, pois a mais misteriosa, a mais secreta.

Essa sabedoria, que custou a Apollinaire quatro meses passados sob um firmamento de obuses, Vincent atingiu ao longo de um único passeio com Julie, tornada diáfana pelo luar.

29

Situação difícil, quando só se quer falar de uma coisa e ao mesmo tempo não se consegue falar: o cu impronunciado continua na boca de Vincent como uma mordaça que o torna mudo. Ele olha para o céu como se procurasse ali uma ajuda. E o céu o atende: envia-lhe a inspiração poética. Vincent exclama:

"Olhe!", e faz um gesto em direção à lua. "Parece um cu aberto no céu!"

E torna a olhar para Julie. Transparente e terna, ela sorri e diz: "Sim", pois, de uma hora para cá, ela está pronta a admirar qualquer coisa que ele diga.

Ele ouve seu "sim" e continua insatisfeito. Ela tem o ar

puro de uma fada e ele gostaria de ouvi-la dizer: "o cu". Quer ouvir sua boca de fada pronunciar essas palavras, ah, como quer! Gostaria de lhe dizer: repita comigo, o cu, o cu, o cu, mas não se atreve. Em vez disso, traído por sua eloquência, afunda cada vez mais na mesma metáfora:

"O cu, de onde sai uma luz pálida que enche as entranhas do universo!"

E estende o braço para a lua:

"Em frente, para o cu do infinito!"

Não posso deixar de fazer um pequeno comentário sobre essa improvisação de Vincent: com sua obsessão confessa pelo cu, ele acha que está estabelecendo uma ligação com o século XVIII, com Sade e todo o grupo dos libertinos; mas, como se não tivesse força bastante para seguir essa obsessão e ir até o fim, uma outra herança, muito diferente, até mesmo oposta, que pertence ao século seguinte, vem em sua ajuda; ou seja, não é capaz de falar sobre suas belas obsessões libertinas a não ser tornando-as líricas; transformando-as em metáforas. Assim, sacrifica o espírito de libertinagem ao espírito de poesia. E transporta o cu de um corpo de mulher para o céu.

Ah, esse deslocamento é lamentável, triste de se ver! Não me agrada continuar a seguir Vincent nesse caminho: ele se debate, preso em sua metáfora como uma mosca na cola; exclama mais uma vez:

"O cu do céu, como o olho de uma câmera divina!"

Como se constatasse seu esgotamento, Julie interrompe as evoluções poéticas de Vincent apontando para o hall iluminado por trás das arcadas:

"Quase todos já foram embora."

Eles entram: de fato, diante das mesas, só ficaram alguns retardatários. O elegante de colete não está mais ali. No entanto, sua ausência faz Vincent lembrar-se dele com tanta intensidade que chega a escutar de novo sua voz, fria e maldosa, acompanhada pelo riso dos colegas. Mais uma vez, sente vergonha: como pôde ficar tão desamparado diante dele? Tão lamentavelmente mudo? Esforça-se para varrê-lo de seu espírito, mas não consegue, escuta de novo suas palavras: "Vivemos sob o olhar das câmeras. De agora em diante, isso faz parte da condição humana..."

Esquece completamente Julie e, espantado, para nessas duas frases; como é estranho: o argumento do elegante é quase idêntico à ideia de Pontevin que ele próprio, Vincent, um dia contestou: "Quando se quer intervir num conflito público ou atrair atenção para uma injustiça, como se pode fazê-lo na nossa época sem ser ou parecer um dançarino?".

Seria essa a razão pela qual o elegante desconcertou tanto Vincent? Estaria o raciocínio dele tão próximo daquele outro raciocínio a ponto de não poder atacá-lo? Estaríamos nós todos presos na mesma armadilha, surpreendidos por um mundo que, subitamente, sob nossos pés, transformou-se num palco do qual não podemos sair? Será que não existe mesmo nenhuma diferença entre o que pensa Vincent e o que pensa o elegante?

Não, esta ideia é insuportável! Ele despreza Berck, despreza o elegante, e seu desprezo vem antes de todos os seus julgamentos. Teimoso, esforça-se para perceber a diferença que os separa até que consiga vê-la com toda clareza: eles, como lacaios miseráveis, alegram-se com a condição humana tal como ela lhes é imposta: dançarinos felizes por serem dançarinos. Enquanto ele, apesar de saber que não há nenhuma saída, proclama sua discordância com esse mundo. Ocorre-lhe então a resposta que deveria ter lançado no rosto do elegante: "Se viver sob as câmeras tornou-se nossa condição, eu me revolto contra ela. Eu não a escolhi!". Eis a resposta! Inclina-se para Julie e, sem a menor explicação, diz a ela:

69

"A única coisa que nos resta é a revolta contra a condição humana que não escolhemos!"

Já acostumada com as frases incongruentes de Vincent, ela acha essa última maravilhosa e responde num tom combativo:

"É isso mesmo!" E, como se a palavra revolta a tivesse invadido de uma alegre energia, ela diz: "Vamos para o seu quarto".

De repente, mais uma vez, o elegante desapareceu da cabeça de Vincent, que olha Julie, maravilhado com suas últimas palavras.

Ela também está maravilhada. Perto do bar, ainda ficaram algumas pessoas com as quais Julie estava antes de Vincent dirigir-se a ela. Essas pessoas fingiam que ela não existia, e sentira-se humilhada. Agora olhava para elas, soberana, invulnerável. Não a impressionavam mais.

Tinha pela frente uma noite de amor e isso graças à sua decisão, graças à sua própria coragem; sente-se rica, feliz e mais forte do que as outras pessoas.

Sussurra no ouvido de Vincent:

"São todos uns brochas."

Sabe que esta é uma expressão de Vincent e fala assim para fazê-lo compreender que se entrega a ele e que lhe pertence.

É como se tivessem colocado uma granada de euforia na mão dele. Poderia agora levar a bela dona do cu diretamente para seu quarto mas, como se obedecesse a uma ordem vinda de longe, sente-se primeiro na obrigação de fazer ali um pouco de baderna. É possuído por um turbilhão de embriaguez em que se misturam a imagem do cu, a iminência do coito, a voz debochada do elegante e a silhueta de Pontevin que, tal qual um Trótski, dirige de seu bunker parisiense uma grande esbórnia, um grande caos generalizado.

"Vamos dar um mergulho", anuncia a Julie e, correndo, desce a escada em direção à piscina, que neste momento está vazia e se mostra a quem está acima como se fosse o palco de um teatro. Desabotoa a camisa. Julie corre para ele.

"Vamos dar um mergulho", repete, e tira as calças.

"Tire a roupa!"

30

O terrível discurso que Berck dirigiu à Immaculata foi pronunciado em voz baixa, sibilante, de modo que as pessoas em torno não poderiam perceber a verdadeira natureza do drama que se passava diante delas. Immaculata conseguiu disfarçar bastante; quando Berck a deixou, dirigiu-se para a escada, subiu e, só quando ficou finalmente sozinha, no corredor deserto que levava para os quartos, deu-se conta de que cambaleava.

Ao fim de meia hora, sem desconfiar de nada, o cameraman chegou ao quarto que ocupavam juntos, encontrando-a na cama, deitada de bruços.

"O que foi que aconteceu?"

Ela não respondeu.

Ele se sentou ao lado dela, colocando a mão em sua testa. Ela a sacudiu como se tivesse sido tocada por uma cobra.

"Mas o que foi que aconteceu?"

Repetiu muitas vezes ainda a mesma pergunta até que ela dissesse:

"Por favor, vá fazer um gargarejo, não suporto mau hálito."

Ele não tinha mau hálito, estava sempre lavado, escrupulosamente limpo, portanto sabia que ela estava mentindo, e no entanto foi docilmente para o banheiro fazer o que ela havia mandado.

A ideia do mau hálito não ocorreu à Immaculata a troco de nada, foi uma lembrança recente e imediatamente rejeitada que lhe inspirou essa maldade: a lembrança do mau hálito de Berck. Quando, arrasada, ela ouvia suas injúrias, não estava em condições de se ocupar do seu hálito, e foi um observador escondido nela que registrou aquele cheiro nauseabundo e que até mesmo acrescentou esse comentário lucidamente concreto: o homem cuja boca cheira mal não tem amante; ninguém poderia se adaptar; qualquer uma acharia um meio de fazê-lo compreender que ele cheirava mal e o forçaria a livrar-se daquele defeito. Bombardeada por insultos, ela escutava esse comentário silencioso, que lhe parecia alegre e cheio de esperança, porque mostrava que, apesar do grande número de mulheres bonitas que Berck exibia em torno de si, ele estava na verdade há muito tempo indiferente às aventuras galantes e o lugar a seu lado na cama estava vazio.

Enquanto gargarejava, o cameraman, homem tão romântico quanto prático, pensava que a única maneira de mudar o humor massacrante de sua companheira seria fazer amor com ela o mais rápido possível. No banheiro, enfia seu pijama e, com um passo incerto, volta e senta-se ao lado dela na beirada da cama.

Não ousando mais tocá-la, diz outra vez: "O que foi que aconteceu?".

Com uma presença de espírito implacável, ela responde: "Se você só é capaz de me dizer essa frase imbecil, acho que não posso esperar nada de uma conversa com você".

Levanta-se e vai até o armário; abre e fica olhando as poucas roupas que pendurou ali; aquelas roupas a atraem; despertam nela o desejo tão vago quanto forte de não se deixar retirar de cena; de tornar a atravessar o local de sua humilhação, de não aceitar sua derrota; e, se existir derrota, transformá-la num grande espetáculo no qual fará resplandecer sua beleza ferida e ostentará seu orgulho revoltado.

"O que é que você está fazendo? Onde você vai?", ele pergunta

"Isso não tem importância. O que importa é não ficar com você."

"Mas diga o que foi que aconteceu!"

Immaculata olha seus vestidos e repara: "Sexta vez", e devo assinalar que ela não se enganou nos cálculos.

"Você foi perfeita", diz o cameraman, resolvido a passar por cima do mau humor dela. "Fizemos bem em vir. Seu projeto de um programa sobre Berck me parece ganho. Pedi uma garrafa de champanhe para o nosso quarto."

"Pode beber o que quiser com quem quiser."

"Mas o que foi que aconteceu?"

"Sétima vez. Para mim chega. Para sempre. Não aguento o cheiro que sai da sua boca. Você é meu pesadelo. Meu sonho ruim. Meu fracasso. Minha vergonha. Minha humilhação. Meu nojo. Não posso deixar de dizer. Brutalmente. Sem continuar hesitando. Sem prolongar meu pesadelo. Sem prolongar essa história que não faz mais o menor sentido."

Está de pé, em frente ao armário aberto, de costas para o cameraman, fala calmamente, pausadamente, com uma voz baixa, sibilante. Depois, começa a tirar a roupa.

31

É a primeira vez que tira a roupa diante dele com tamanha falta de pudor, com tão ostensiva indiferença. Essa maneira de despir-se significa: sua presença aqui, diante de mim, não tem nenhuma, mas nenhuma importância; sua presença é igual a de um cachorro, de um camundongo. Seu olhar não vai mexer com a menor parcela de meu corpo. Poderia fazer o que quer que fosse diante de você, os atos mais inconvenientes, poderia vomitar na sua frente, lavar minhas orelhas ou meu sexo, me masturbar, fazer xixi. Você é um não-olho, um não-ouvido, uma não-cabeça. Minha orgulhosa indiferença é um manto que permite que eu me mova diante de você com toda liberdade, com todo despudor.

O cameraman vê o corpo de sua amante transformar-se sob seus olhos: aquele corpo que até então se entregava com simplicidade e, rapidamente, ergue-se diante dele como uma estátua grega colocada num pedestal de cem metros de altura. Fica louco de desejo, e é um desejo estranho, que não se manifesta sensualmente, mas que enche sua cabeça e apenas sua cabeça, um desejo que é como uma fascinação cerebral, ideia fixa, loucura mística, a certeza de que aquele corpo, e nenhum outro, está destinado a preencher sua vida, toda a sua vida.

Ela sente essa fascinação, essa devoção colar-se à sua pele, e uma onda de frieza sobe-lhe à cabeça. Ela mesma fica surpresa, nunca sentiu uma onda dessas. É uma onda de frieza como existem ondas de paixão, de calor, de raiva. Pois essa frieza é realmente uma paixão; como se a devoção absoluta do cameraman e a rejeição absoluta de Berck fossem duas faces de uma mesma maldição contra a qual ela se rebela; como se a rejeição de Berck quisesse devolvê-la aos braços de seu amante banal e como se o único recurso contra essa rejeição fosse a raiva absoluta contra esse amante. Eis a razão pela qual ela o recusa com uma tal raiva, querendo transformá-lo em camundongo, transformar esse camundongo em aranha e essa aranha numa mosca devorada por uma outra aranha.

Já pôs um vestido branco, decidida a descer e mostrar-se a Berck e a todos os outros. Está feliz por ter trazido um vestido de cor branca, a cor do casamento, pois tem a impressão de viver um dia de casamento, casamento ao contrário, casamento trágico sem noivo. Leva embaixo de sua roupa branca a ferida de uma injustiça, sente-se engrandecida por essa injustiça, embelezada por ela, como as personagens de uma tragédia ficam embelezadas por sua desgraça. Vai em direção à porta, sabendo que o outro, de pijama, irá sair atrás dela e a seguirá como um cachorro que a adora, e quer que atravessem assim o castelo, casal tragigrotesco, uma rainha seguida por um cão bastardo.

32

Mas aquele que ela relegou ao estado canino a surpreende. Está de pé na porta com o rosto furioso. Sua vontade de ser submisso de repente esgotou-se. Está possuído por um desejo desesperado de se opor a essa beleza que o humilha injustamente. Não encontra coragem para lhe dar um tapa na cara, bater nela, jogá-la na cama e violentá-la, mas sente necessidade de fazer alguma coisa de irreparável, de infinitamente grosseiro e agressivo.

Ela é obrigada a parar na soleira da porta.

"Me deixa passar."

"Não vou deixar você passar", ele diz.

"Você não existe mais para mim."

"Como não existo mais?"

"Não conheço você."

Ele ri com um riso crispado: "Como não me conhece?". Levanta a voz: "Ainda esta manhã nós trepamos!".

"Proíbo você de falar assim comigo! Não com essas palavras!"

"Hoje de manhã você mesma usou essas palavras, você me disse: 'trepa comigo, trepa comigo, trepa comigo!'."

"Isso era quando eu ainda gostava de você", ela diz ligeiramente constrangida, "mas agora essas palavras não passam de grosserias."

Ele grita: "E, no entanto, nós trepamos!".

"Proíbo que você fale assim!"

"Ainda na noite passada nós trepamos, trepamos, trepamos!"

"Para com isso!"

"Como é que você pode gostar do meu corpo de manhã e não suportá-lo à noite?"

"Você sabe muito bem que detesto vulgaridades!"

"Pouco me importa o que você detesta! Você é uma puta ordinária!"

Ah, ele não deveria ter pronunciado essa palavra, a mesma que Berck lançou contra ela. Ela grita:

"A vulgaridade me repugna e você também!"

Ele também grita:

"Então você trepou com alguém que acha repugnante! A mulher que trepa com alguém que acha repugnante é exatamente uma puta ordinária, puta ordinária, puta ordinária!"

As palavras do cameraman são cada vez mais grosseiras e o medo transparece no rosto de Immaculata.

O medo? Será que realmente tem medo dele? Acho que não: ela sabe bem, em seu foro íntimo, que não precisa exagerar a importância dessa revolta. Conhece a submissão do cameraman e está segura dela. Sabe que ele a ofende porque quer ser ouvido, visto, levado em consideração. Ele a ofende porque está fraco e porque, em vez da força, conta apenas com sua grosseria, com suas palavras agressivas. Se gostasse dele, mesmo que fosse apenas um pouco, ficaria enternecida com essa explosão de impotência desesperada. Mas, em vez de se enternecer, ela sente uma vontade desenfreada de fazê-lo sofrer. E é precisamente por essa razão que decide levar suas palavras ao pé da letra, a acreditar em suas injúrias, a ter medo. E é por isso que fixa nele um olhar que finge ser assustado.

Ele vê o medo no rosto de Immaculata e sente-se cheio de coragem: em geral, é sempre ele que tem medo, que cede, que se desculpa, e de repente parece que ela fez com que ele sentisse sua força, sua raiva, é ela quem está tremendo.

Imaginando que ela está prestes a confessar sua fraqueza, a capitular, ele levanta a voz e continua a dizer suas cretinices agressivas e impotentes. Coitado, mal sabe que continua a jogar o jogo dela, que continua sendo um objeto manipulado mesmo quando pensa ter encontrado em sua cólera a força e a liberdade.

Ela lhe diz:

"Você me dá medo. Você é detestável, você é violento", e ele não sabe, pobre dele, que essa acusação nunca mais será revogada e que ele, esse capacho de bondade e de submissão, irá se transformar, de uma vez por todas, num violentador e num agressor.

"Você me dá medo", ela diz mais uma vez, e o afasta para poder sair.

Ele a deixa passar, seguindo-a como um cão bastardo segue uma rainha.

33

A nudez. Guardo um recorte do *Nouvel Observateur* de outubro de 1993; uma pesquisa: enviaram a duzentas pessoas que se diziam de esquerda uma lista de duzentas e dez palavras para que sublinhassem aquelas que as fascinavam, às quais fossem sensíveis, que achassem mais atraentes e simpáticas; alguns anos antes, tinham feito a mesma pesquisa: nessa época, das mesmas duzentas e dez palavras havia dezoito sobre as quais as pessoas de esquerda tinham a mesma opinião e assim tinham confirmado uma sensibilidade comum. Hoje, as palavras adoradas são apenas três. Apenas três palavras sobre as quais a esquerda pode ter a mesma opinião? Oh, que degringolada! Oh, que decadência! E quais são estas três palavras? Ouçam bem: revolta; vermelho; nudez. Revolta e vermelho dá para entender. Mas é surpreendente que, além dessas duas palavras, apenas a nudez tenha ficado como patrimônio simbólico comum da esquerda. Será que isso é tudo o que nos foi legado por essa magnífica história de duzentos anos inaugurada solenemente pela Revolução Francesa, seria essa a herança de Robespierre, de Danton, de Jaurès, de Rosa Luxemburgo, de Lênin, de Gramsci, de Aragon, de Che Guevara? A nudez? O ventre nu, os colhões nus, as nádegas nuas? Seria essa a última bandeira sob a qual os últimos destacamentos da esquerda ainda simulam sua grande marcha através dos séculos?

Mas por que precisamente a nudez? Que significa para as pessoas da esquerda essa palavra que sublinharam na lista enviada por um instituto de pesquisa?

Lembro-me do cortejo dos esquerdistas alemães que, nos anos 70, para manifestar sua cólera contra qualquer coisa (contra uma central nuclear, contra uma guerra, contra o poder do dinheiro, contra sei lá mais o quê), ficaram nus em pelo e marcharam assim, gritando, pelas ruas de uma grande cidade alemã.

O que a nudez deles estaria expressando?

Primeira hipótese: representava para eles a mais cara de todas as liberdades, o mais ameaçado de todos os valores. Os esquerdistas alemães atravessaram a cidade mostrando seu sexo nu como os cristãos perseguidos iam para a morte levando sobre o ombro uma cruz de madeira.

Segunda hipótese: os esquerdistas alemães não queriam

hastear o símbolo de um valor, mas simplesmente chocar um público detestado. Chocá-lo, assustá-lo, indigná-lo. Bombardeá-lo com merda de elefante. Derramar sobre ele todos os esgotos do universo.

Curioso dilema: a nudez simboliza o maior de todos os valores ou, antes, a maior imundície que se pode atirar como uma bomba de excrementos sobre um grupo de inimigos?

E o que representa então para Vincent, que repete a Julie: "Tire a roupa" — e acrescenta: "Um grande happening na frente dos mal-fodidos!"?

E o que representa para Julie que, docilmente, e até mesmo com certo cuidado, diz: "Por que não?", e desabotoa o vestido?

34

Ele está nu. Fica um pouco espantado e ri um riso misturado com tosse, mais para si mesmo do que para ela, pois estar nu assim naquele grande espaço envidraçado parece-lhe a tal ponto estranho que só é capaz de pensar na excentricidade da situação e em nada mais. Ela já tirou seu sutiã, depois a calcinha, mas Vincent não a vê direito: constata que está nua, mas sem saber como ela é quando está nua. Lembremo-nos que, alguns minutos antes, ele estava obcecado pela imagem do seu cu; será que ainda pensa nisso, agora que esse cu está livre da seda da calcinha? Não. O cu evaporou-se de sua cabeça. Em vez de olhar atentamente para o corpo que se despiu em sua presença, em vez de se aproximar dele, de observá-lo lentamente, talvez tocá-lo, ele se vira e mergulha.

Rapaz engraçado, esse Vincent. Desanca os dançarinos, delira por causa da lua e, no fundo, é um desportista. Mergulha na água e sai nadando. Na mesma hora, esquece a própria nudez, a de Julie e só pensa no seu *crawl*. Atrás dele, Julie, que não sabe mergulhar, desce prudentemente pela escada. E Vincent nem ao menos vira a cabeça para olhá-la! Pior para ele: pois ela é encantadora, encantadora mesmo, essa Julie. Seu corpo parece iluminado; não por seu pudor, mas por outra coisa igualmente bela: por uma intimidade desajeitada e solitária pois, já que Vincent está com a cabeça debaixo d'água, ela tem certeza de que ninguém a está vendo; a água chega na altura de seus pelos e parece-lhe fria, ela bem que gostaria de afundar, mas não tem coragem. Parou e fica hesitante; depois, prudentemente, desce mais um degrau, até que a água chegue a seu umbigo; mergulha a mão e, com carícias, refresca os seios. É mesmo bonito de se ver. O ingênuo Vincent nada percebe mas eu sim, que vejo enfim uma nudez que não representa nada, nem liberdade, nem imundície, uma nudez despojada de todo significado, nudez desnudada, em estado natural, pura, e que enfeitiça um homem.

Afinal, ela começa a nadar. Nada muito mais lentamente que Vincent, a cabeça levantada desajeitadamente acima da água; Vincent já percorreu três vezes os quinze metros da piscina quando ela se aproxima da escada para sair. Ele se apressa em segui-la. Estão na borda quando, do hall acima, chegam-lhes vozes.

Movido pela proximidade de desconhecidos invisíveis, Vincent começa a gritar: "Vou te sodomizar!" e, com uma careta de fauno, precipita-se sobre ela.

Como é possível que, na intimidade do passeio que fizeram, ele não tivesse ousado sussurrar-lhe nem mesmo a menor das obscenidades e agora, que corre o risco de ser ouvido por qualquer um, grita absurdos?

Precisamente porque abandonou, imperceptivelmente, a zona de intimidade. A palavra pronunciada num pequeno espaço fechado tem um significado diferente da mesma palavra ressoando num anfiteatro. Não é mais uma palavra pela qual ele seria inteiramente responsável e que seria exclusivamente destinada à parceira, é uma palavra que os outros fazem questão de escutar, os outros estão ali e estão olhando para eles. O anfiteatro, é verdade, está vazio, mas, mesmo estando vazio, o público, imaginado e imaginário, potencial e virtual, está lá, está perto deles.

Podemos nos perguntar de quem se compõe esse público; não acho que Vincent esteja se lembrando das pessoas que viu no colóquio; o público que agora o cerca é numeroso, insistente, exigente, agitado, curioso, mas, ao mesmo tempo, totalmente inidentificável, com rostos de traços esbatidos; será que isso quer dizer que o público que ele imagina é aquele com o qual os dançarinos sonham? O público dos invisíveis? Aquele sobre o qual Pontevin está construindo suas teorias? O mundo inteiro? Um infinito sem rostos? Uma abstração? Nem tanto: pois por trás desse tumulto anônimo transparecem rostos concretos: Pontevin e outros amigos; eles observam, divertidos, Vincent, Julie e o próprio público de desconhecidos que os cerca. É para eles que Vincent grita essas palavras, procurando conquistar a admiração e a aprovação deles.

"Você não vai me sodomizar!", grita Julie, que nada sabe de Pontevin mas que também pronuncia essa frase para aqueles que, mesmo não estando lá, poderiam estar. Desejaria ela provocar a admiração deles? Sim, mas a deseja apenas para agradar a Vincent. Quer ser aplaudida por um público desconhecido e invisível a fim de ser amada pelo homem que escolheu para aquela noite e, quem sabe, para muitas outras mais. Corre em volta da piscina e seus dois seios balançam-se alegremente para a direita e para a esquerda.

As palavras de Vincent são cada vez mais audaciosas; apenas seu caráter metafórico encobre levemente sua vigorosa vulgaridade:

"Vou espetar você com meu pau e pregar você na parede!"

"Não, você não vai me pregar na parede!"

"Você vai ser crucificada no fundo da piscina!"

"Não, não vou ser crucificada!"

"Vou rasgar o seu cu diante de todo o universo!"

"Não, você não vai rasgá-lo!"

"Todo mundo vai ver o seu cu!"

"Ninguém vai ver meu cu!", grita Julie.

Nesse momento, mais uma vez, eles escutam vozes, cuja proximidade parece tornar mais pesado o passo leve de Julie, forçando-a a parar: ela começa a gritar com uma voz estridente, como uma mulher que, em alguns segundos, será violentada. Vincent a alcança e cai com ela no chão. Ela olha para ele, os olhos bem abertos, esperando uma penetração, à qual decidiu não resistir. Abre as pernas. Fecha os olhos. Vira a cabeça ligeiramente para o lado.

35

A penetração não aconteceu. Não aconteceu porque o membro de Vincent está pequeno como uma framboesa murcha, como o dedal de uma bisavó.

Por que está tão pequeno?

Faço essa pergunta diretamente ao membro de Vincent e este, francamente espantado, responde:

"E por que não deveria ficar pequeno? Não vi necessidade de crescer! Acredite, essa ideia, realmente, não me ocorreu! Não fui avisado. De comum acordo com Vincent, acompanhei essa curiosa corrida em volta da piscina, impaciente para ver o que ia acontecer! Eu me diverti muito! Agora, vocês vão acusar Vincent de impotência! Por favor! Isso iria me culpabilizar horrivelmente e seria injusto, pois vivemos numa harmonia perfeita, e juro, sem nunca nos decepcionarmos um com o outro. Sempre tive orgulho dele e ele de mim!"

O membro falou a verdade. Aliás, Vincent não está nada

ofendido com o comportamento dele. Se seu membro agisse dessa forma na intimidade de seu apartamento, ele nunca o perdoaria. Mas, aqui, está pronto a considerar sua reação como razoável e até mesmo decente. Decide portanto aceitar as coisas como são e começa a simular o coito.

Julie também não está nem vexada nem frustrada. Sentir os movimentos de Vincent sobre seu corpo e não sentir nada dentro parece-lhe estranho mas, afinal de contas, aceitável, e ela responde aos movimentos de seu amante com seus próprios movimentos. As vozes que tinham ouvido se distanciaram, mas um novo ruído ecoa no espaço ressoante da piscina: são passos de alguém correndo que passa perto deles.

A respiração de Vincent se acelera e se amplia; ele ruge e geme enquanto Julie emite gemidos e soluços, em parte porque o corpo molhado de Vincent caindo ritmadamente sobre o dela a está machucando, e em parte porque quer responder desse modo a seus rugidos.

36

Tendo visto os dois só no último momento, o sábio tcheco não conseguiu evitá-los. Mas faz de conta que eles não estão ali e esforça-se para fixar o olhar noutro lugar. Fica apavorado: não conhece bem ainda a vida no Ocidente. No império do comunismo, fazer amor à beira de uma piscina seria impossível, aliás, como muitas outras coisas que ele agora teria que aprender pacientemente. Já está chegando do outro lado da piscina e, finalmente, não resiste ao desejo de dar uma olhada no casal que está copulando; pois uma coisa o intriga: será que o homem que está copulando tem o corpo musculoso? O que seria mais eficiente para a cultura corporal, o amor físico ou os trabalhos braçais? Mas se controla para não passar por voyeur.

Para na borda oposta da piscina e começa a fazer exercícios: primeiro corre no mesmo lugar levantando os joelhos bem alto; depois, apoiando-se nas mãos, levanta os pés para cima; desde sua infância, sabe controlar essa posição que os ginastas chamam apoio tenso invertido, e continua conseguindo fazê-la tão bem quanto antigamente; surge uma pergunta em sua cabeça: quantos dos grandes sábios franceses saberiam fazê-la tão bem quanto ele? E quantos ministros? Pensa em um por um dos ministros franceses que conhece de nome ou por fotografia, tenta imaginá-los naquela posição, equilibrando-se nas mãos, e fica satisfeito: porque os imagina fracos e desajeitados. Depois de ter conseguido plantar bananeira sete vezes, deita-se de barriga para baixo e começa a se levantar apoiando-se nos braços.

37

Nem Julie nem Vincent se preocupam com o que acontece em volta deles. Não são exibicionistas, não procuram se excitar com o olhar do outro, captar esse olhar, observar o outro que os observa; não é uma orgia que fazem, é um espetáculo, e os atores, durante uma representação, não querem encontrar os olhos dos espectadores. Mais ainda que Vincent, Julie esforça-se em não ver nada; no entanto, o olhar que acaba de pousar sobre seu rosto é muito pesado para que não o perceba.

Levanta os olhos e a vê: ela está usando um vestido branco deslumbrante e a observa fixamente; seu olhar é estranho, distante, e no entanto pesado, terrivelmente pesado; pesado como o desespero, pesado como o eu-não-sei-mais-o-que-fazer, e Julie, sob esse peso, sente-se paralisada. Seus movimentos tornam-se lentos, murcham, param; dá ainda alguns gemidos e se cala.

A mulher de branco luta contra um imenso desejo de berrar. Não consegue se libertar desse desejo, que é maior ainda porque aquele por quem ela quer berrar não poderá ouvi-la. De repente, não conseguindo mais se conter, solta um grito, um grito agudo, terrível.

Julie acorda de seu estupor, endireita-se, veste sua calcinha, cobre-se rapidamente com suas roupas jogadas no chão e foge correndo.

Vincent é mais lento. Pega sua camisa, sua calça, mas não encontra sua cueca.

Alguns passos atrás dela está plantado um homem de pijama, ninguém o vê e ele também não vê ninguém, pois sua atenção está totalmente concentrada na mulher de branco.

38

Não podendo se conformar com a ideia de que Berck a tivesse rejeitado, sentiu essa vontade louca de provocá-lo, de desfilar diante dele com toda a sua beleza branca (a beleza de uma imaculada não tem que ser uma beleza branca?), mas seu passeio pelos corredores e halls vazios do castelo não tinha dado certo: Berck não estava mais lá e o cameraman a tinha seguido não como um humilde cão bastardo, mas se dirigindo a ela com uma voz forte e desagradável. Ela havia conseguido chamar atenção sobre si, mas uma atenção malévola e pejorativa, de modo que acelerou o passo; assim, fugindo, chegou até a borda da piscina onde, deparando com um casal que copulava, acabou soltando um grito.

Esse grito a desperta: vê de repente com toda clareza a armadilha que se forma à sua volta: seu perseguidor atrás, a água adiante. Compreende que esse cerco não tem saída; que a única saída de que dispõe é uma saída insensata; que o único ato razoável que lhe resta é um ato louco; com toda a força da sua vontade, escolhe a irracionalidade: dá dois passos para frente e pula na água.

A maneira como pula é bastante curiosa: ao contrário de Julie, ela sabe mergulhar muito bem e, no entanto, cai na água primeiro com os pés e com os braços deselegantemente afastados.

É que todos os gestos, além de sua função prática, possuem uma significação que ultrapassa a intenção de quem os executa; quando pessoas de maiô se atiram na água, é a própria alegria que se revela nesse gesto, não obstante a tristeza eventual dos mergulhadores. Quando alguém vestido se atira na água, é inteiramente diferente: só salta na água vestido quem quer se afogar; e aquele que quer se afogar não mergulha com a cabeça em primeiro lugar; deixa-se cair: assim acontece na linguagem imemorial dos gestos. É por isso que Immaculata, apesar de excelente nadadora, só pôde, com seu bonito vestido, pular na água de modo lamentável.

Sem nenhum motivo razoável, ela se encontra agora na água; está ali, submissa a seu gesto, cuja significação lhe enche pouco a pouco a alma; sente-se vivendo seu suicídio, seu afogamento, e tudo que fará dali em diante será apenas um balé, uma pantomima por meio da qual seu gesto trágico irá prolongar seu discurso mudo.

Depois da queda na água, ela se endireita. Nesse lugar a piscina é pouco funda, a água chega à sua cintura; fica alguns minutos de pé, a cabeça erguida, o busto arqueado. Depois, afunda de novo. Nesse momento, uma echarpe de seu vestido se solta e boia atrás dela como boiam as lembranças atrás dos mortos. Mais uma vez ela se levanta, a cabeça ligeiramente inclinada para trás, os braços afastados; como se quisesse correr, avança alguns passos, para o lugar em que a piscina faz uma rampa, depois afunda de novo. É assim que ela avança, parecendo um animal aquático, um pato mitológico que deixa a cabeça desaparecer sob a super-fície e a levanta em seguida virando-a para o alto. Esses movimentos cantam o desejo de viver nas alturas ou de morrer no fundo das águas.

O homem de pijama de repente cai de joelhos e chora:

"Volte, volte, eu sou um criminoso, sou um criminoso, volte!"

39

Do outro lado da piscina, onde a água é mais funda, o sábio tcheco, que está fazendo flexões de tórax, olha espantado: primeiro pensa que esse casal que chegou por último veio para encontrar o casal que estava copulando, e que ele finalmente iria assistir a uma daquelas surubas legendárias das quais tinha ouvido falar muitas vezes quando trabalhava nos andaimes do puritano regime comunista. Por pudor, chegou até a pensar, diante dessa hipótese de coito coletivo, em voltar para seu quarto. Depois, aquele grito terrível ressoou em seus ouvidos e, com os braços esticados, ficou como se estivesse petrificado, não conseguindo mais continuar seus exercícios, apesar de ter levantado o corpo apenas dezoito vezes até aquele momento. Sob seus olhos, a mulher vestida de branco caiu na água e uma echarpe começou a boiar atrás dela com algumas flores artificiais, azuis e rosas.

Imóvel, com o tórax levantado, o sábio tcheco acaba compreendendo que aquela mulher quer se afogar: esforça-se por manter a cabeça dentro da água mas, como sua vontade não é suficientemente forte, ela acaba sempre se levantando. Assiste a um suicídio, como nunca poderia imaginar que acontecesse. A mulher está doente, ou ferida, ou perseguida, ela aparece e mais uma vez desaparece dentro da água, repetidamente; certamente não sabe nadar; a cada momento, submerge um pouco mais, de modo que dentro em pouco a água vai cobri-la e ela morrerá sob o olhar passivo de um homem de pijama que, na borda da piscina, ajoelhado, a observa e chora.

O sábio tcheco não pode mais hesitar: levanta-se, inclina-se para a frente acima da água, as pernas dobradas, os braços estendidos para trás.

O homem de pijama não vê mais a mulher, fica fascinado pela estatura do homem desconhecido, grande, forte, estranhamente disforme que, bem à frente, a uns quinze metros de distância, prepara-se para intervir num drama que não lhe diz respeito, um drama que o homem de pijama guarda com ciúme apenas para si e para mulher que ama. Pois, quem duvida disso, ele a ama, sua raiva é apenas passageira; é incapaz de detestá-la verdadeiramente e de forma duradoura, mesmo que ela o faça sofrer. Sabe que age assim sob o *diktat* de sua sensibilidade irracional e indomável, de sua sensibilidade milagrosa, que ele não compreende mas que venera. Apesar de ter acabado de cobri-la de ofensas, continua convencido, em seu íntimo, de que ela é inocente e que o verdadeiro culpado daquela briga inesperada é outro. Não o conhece, não sabe onde está, mas está pronto a se atirar sobre ele. Nesse estado de espírito, vê o homem que se inclina esportivamente sobre a água; como se estivesse hipnotizado, olha seu corpo forte, musculoso e curiosamente desproporcional, com coxas grandes bem femininas e panturrilhas grossas e brancas, um corpo absurdo como a encarnação da injustiça. Nada sabe sobre esse homem, não desconfia de nada mas, cego pelo sofrimento, vê nesse monumento à feiura a imagem de sua inexplicável infelicidade e sente-se tomado por uma raiva invencível contra ele.

O sábio tcheco mergulha e, com algumas braçadas poderosas, aproxima-se da mulher.

"Deixe-a!", berra o homem de pijama, e mergulha também na água.

O sábio tcheco já está a dois metros da mulher; seu pé já encosta no fundo.

O homem de pijama nada na direção dele e berra de novo: "Deixe-a! Não ponha a mão nela!"

O sábio tcheco estendeu seus braços sob o corpo da mulher, que se deixa cair neles com um longo suspiro.

Nesse momento, o homem de pijama está bem perto dele:

"Deixe-a ou mato você!"

Através das lágrimas, ele não enxerga nada à sua frente, nada além de uma silhueta disforme. Ele a pega pelo ombro e a sacode com violência. O sábio cambaleia, a mulher cai de seus braços. Nenhum dos dois homens presta mais atenção nela, que nada para a escada e torna a subir. O sábio vê o olhar de ódio do homem de pijama e seus olhos se acendem com o mesmo ódio.

O homem de pijama não se contém mais e agride o outro.

O sábio sente uma dor na boca. Inspeciona com a língua o dente da frente e constata que está mole. É um dente falso que foi trabalhosamente pregado à raiz por um dentista de Praga, que ajustou outros dentes falsos àquele; o dentista explicou-lhe insistentemente que aquele dente iria servir de apoio para todos os outros e que, se um dia o perdesse, não escaparia à fatalidade da dentadura, da qual o sábio tcheco tem indizível horror. Sua língua examina o dente que balança e ele fica pálido, primeiro de angústia, depois de raiva. Toda a sua vida surge diante dele e as lágrimas, pela segunda vez nesse dia, inundam seus olhos; sim, ele chora e, do fundo dessas lágrimas, uma ideia lhe vem à cabeça: perdeu tudo, tem apenas seus músculos; mas esses músculos, esses pobres músculos, para que servem? Como uma mola, essa pergunta põe em terrível movimento seu braço direito: o resultado é uma bofetada, uma bofetada imensa como a tristeza de uma dentadura, imensa como meio século de transas desenfreadas à beira de todas as piscinas francesas. O homem de pijama desaparece sob a água.

Sua queda foi tão rápida, tão perfeita, que o sábio tcheco pensa que o matou; depois de um instante de aparvalhamento, ele se inclina, puxa-o para cima, dá uns tapinhas leves em seu rosto; o homem abre os olhos, seu olhar ausente fixa a aparição disforme, depois ele se solta e nada para a escada para encontrar a mulher.

40

A mulher, agachada na beira da piscina, observa atentamente o homem de pijama, sua luta e sua queda. Quando ele sobe para a borda azulejada da piscina, ela se levanta dirigindo-se para a escada, sem se virar, mas lentamente, para que ele possa segui-la. Assim, sem dizer uma palavra, esplendidamente molhados, atravessam o hall (deserto há muito tempo), entram pelos corredores e chegam ao quarto. Suas roupas pingam, tremem de frio, precisam se trocar.

E depois?

Depois, o quê? Vão fazer amor, o que mais vocês pensaram? Nessa noite, ficarão em silêncio, ela vai apenas gemer como alguém que foi ofendido. Assim, tudo poderá continuar, e a cena que acabaram de representar essa noite será repetida nos dias e semanas que se seguirem. Para demonstrar que está acima de toda vulgaridade, acima do mundo comum que despreza, ela irá fazê-lo cair de joelhos outra vez, ele vai se acusar, chorar, ela vai se tornar ainda mais cruel, vai traí-lo, alardear sua infidelidade, fazê-lo sofrer, ele vai se revoltar, ser grosseiro, ameaçador, decidido a fazer alguma coisa inominável, vai quebrar um vaso, berrar terríveis ofensas, e com isso ela fingirá estar com medo, vai chamá-lo de violentador e agressor, ele cairá novamente de joelhos, começará a chorar outra vez, outra vez dirá que a culpa é dele, depois ela permitirá que vá para a cama com ela, e assim continuamente, por semanas, meses, anos a fio, por toda a eternidade.

41

E o sábio tcheco? Com a língua colada no dente que balança, ele pensa: eis o que resta de toda a minha vida: um dente mole e meu pânico de ser obrigado a usar uma dentadura. Nada mais? Coisa alguma? Nada. Numa súbita iluminação, todo o seu passado lhe aparece, não como uma aventura sublime, rica em acontecimentos dramáticos e únicos, mas como a parte minúscula de uma barafunda de acontecimentos confusos que atravessaram o planeta em tamanha velocidade que é impossível distinguir seus traços, a tal ponto que talvez Berck tenha razão em tomá-lo por um húngaro ou um polonês, porque quem sabe ele não é mesmo húngaro, ou polonês, talvez turco, russo, ou até mesmo uma criança agonizante da Somália. Quando as coisas acontecem rápido demais, ninguém pode ter certeza de nada, de coisa nenhuma, nem de si mesmo.

Quando evoquei a noite de Madame de T., lembrei a equação bem conhecida de um dos primeiros capítulos do manual da matemática existencial: o grau de velocidade é diretamente proporcional à intensidade do esquecimento. Dessa equação, podemos deduzir diversos corolários, este, por exemplo: nossa época se entrega ao demônio da velocidade e é por essa razão que se esquece tão facilmente de si mesma. Ou prefiro inverter essa afirmação e dizer: nossa época está obcecada pelo desejo do esquecimento e é para saciar esse desejo que se entrega ao demônio da velocidade; acelera o passo porque quer nos fazer compreender que não deseja mais ser lembrada; que está cansada de si mesma; enjoada de si mesma; que quer soprar a pequena chama trêmula da memória.

Meu caro compatriota, companheiro, célebre descobridor da *musca pragensis*, heroico operário dos andaimes, não aguento mais ver você enfiado na água! Vai pegar um resfriado! Amigo! Irmão! Não se atormente tanto! Saia! Vá se deitar. Alegre-se por ser esquecido. Agasalhe-se no xale da doce amnésia geral. Não pense mais no riso que o feriu, esse riso não existe mais, assim como não existem mais os anos que você passou sobre os andaimes nem a sua glória de perseguido. O castelo está tranquilo, abra a janela e o cheiro das árvores encherá seu quarto. Respire. São castanheiros que existem há três séculos. Seu murmúrio é o mesmo que Madame de T. e seu cavalheiro escutaram quando se amaram no pavilhão, que naquela época era visível de sua janela, mas que você, infelizmente, não pode mais ver porque foi destruído uns quinze anos mais tarde, durante a revolução de 1789, e dele nada mais restou senão as poucas páginas da novela de Vivant Denon, que você nunca leu e que, muito provavelmente, nunca lerá.

42

Vincent não encontrou sua cueca, enfiou as calças e a camisa sobre o corpo molhado e começou a correr atrás de Julie. Mas ela era muito ligeira e ele muito lento. Anda pelos corredores e constata que ela desapareceu. Ignorando onde fica o quarto de Julie, sabe que suas chances são mínimas, mas continua a vagar pelos corredores esperando que uma porta se abra e Julie diga:

"Vem, Vincent, vem."

Mas todo mundo está dormindo, não se ouve nenhum ruído e todas as portas estão fechadas. Ele murmura:

"Julie, Julie!"

Eleva seu murmúrio, berra seu murmúrio, mas só o silêncio responde. Ele a imagina. Imagina seu rosto tornado diáfano pela lua. Imagina o seu cu. Ah, seu cu, que estava nu tão perto dele e que ele perdeu, perdeu totalmente. Nem viu nem tocou. Ah, essa imagem terrível está de volta outra vez e seu pobre membro acorda, levanta-se, ah, levanta-se inutilmente, despropositada e imensamente.

Ao voltar para seu quarto, deixa-se cair sobre uma cadeira e em sua cabeça só existe o desejo por Julie. Está pronto a fazer qualquer coisa para reencontrá-la, mas não tem nada a fazer. Ela irá à sala de jantar amanhã de manhã para tomar seu café mas ele, infelizmente, já estará em seu escritório em Paris. Não sabe nem seu endereço, nem seu sobrenome, nem seu local de trabalho, nada. Está sozinho com seu imenso desespero, materializado pelo tamanho incongruente de seu membro.

Este, há apenas uma hora, demonstrava um louvável bom senso sabendo conservar as dimensões convenientes, o que, num notável discurso, ele justificou com uma argumentação cuja racionalidade nos impressionou a todos; mas agora tenho dúvidas sobre a razão desse mesmo membro que, desta vez, perdeu todo o bom senso; sem nenhum motivo defensável, ergue-se contra o universo como a Nona Sinfonia de Beethoven que, diante da lúgubre humanidade, berra sua ode à alegria.

43

É a segunda vez que Vera acorda.

"Por que acha que precisa pôr o rádio a toda altura? Você me acordou."

"Não estou escutando rádio. Tudo está mais calmo do que nunca."

"Não, você escutou rádio e isso é errado de sua parte. Eu estava dormindo."

"Juro que não!"

"E ainda por cima aquela ode imbecil à alegria, como é que você pode escutar aquilo!"

"Desculpe-me. É mais uma vez culpa da minha imaginação."

"Como da sua imaginação? Por acaso foi você quem escreveu a Nona Sinfonia? Será que está começando a achar que é Beethoven?"

"Não, não foi isso que eu quis dizer."

"Nunca essa sinfonia me pareceu tão insuportável, tão deslocada, tão importuna, tão puerilmente grandiloquente, tão bobamente, tão ingenuamente vulgar! Não aguento mais. Isso, realmente, foi o cúmulo. Este castelo é mal-assombrado e não quero ficar aqui nem mais um minuto. Por favor, vamos embora. Aliás, o dia está clareando."

E sai da cama.

44

A madrugada chegou. Penso na cena final do conto de Vivant Denon. A noite de amor no quarto secreto do castelo terminou com a chegada de uma camareira, a confidente, que anunciou aos amantes o nascer do dia. O cavalheiro veste-se com a maior rapidez, sai, mas se perde nos corredores do castelo. Temendo ser descoberto, prefere ir para o parque e fingir que está passeando, como alguém que, tendo dormido bem, acordou muito cedo. A cabeça ainda atordoada, tenta compreender o sentido de sua aventura: será que Madame de T. rompeu com seu amante, o marquês? Será que vai romper? Ou queria somente puni-lo? Qual será a sequência da noite que acaba de se encerrar?

Perdido nessas interrogações, vê de repente diante de si o marquês, o amante de Madame de T. Ele acaba de chegar e precipita-se para o cavalheiro:

"Como foi que tudo se passou?", pergunta-lhe com impaciência.

O diálogo que se segue fará com que o cavalheiro enfim compreenda a que deve sua aventura; era preciso desviar a atenção do marido para um falso amante e foi a ele que coube esse papel. Um papel não muito bonito, até mesmo ridículo, admite rindo o marquês. E, como se quisesse recompensar o cavalheiro por seu sacrifício, faz-lhe algumas confidências: Madame de T. é uma mulher adorável e sobretudo de uma fidelidade sem igual. Tem um único defeito: sua frieza física.

Os dois voltam ao castelo para apresentar seus cumprimentos ao marido. Este, acolhedor quando fala com o marquês, comporta-se desdenhosamente com relação ao cavalheiro: recomenda-lhe que parta o mais rápido possível, e logo o amável marquês oferece sua própria carruagem.

Depois, o marquês e o cavalheiro vão fazer uma visita a Madame de T. No final da conversa, na saída, ela consegue dizer algumas palavras afetuosas ao cavalheiro; eis as frases finais, como estão no conto: "Agora sua amada espera por você; aquela que é o objeto do seu amor é digna dele. [...] Adeus, mais uma vez. Você é encantador... Não me deixe mal com a condessa".

"Não me deixe mal com a condessa", são as últimas palavras que Madame de T. diz a seu amante.

Imediatamente depois, as últimas palavras do conto: "Subi na carruagem que me esperava. Procurei bastante a moral de toda essa aventura e... não a encontrei".

Entretanto, a moral está lá: é Madame de T. quem a encarna: ela mentiu para seu marido, mentiu para seu amante, o marquês, mentiu para o jovem cavalheiro. É ela o verdadeiro discípulo de Epicuro. A amável amiga do prazer. A doce mentirosa protetora. A guardiã da felicidade.

45

A história do conto é narrada na primeira pessoa pelo cavalheiro. Ele nada sabe sobre o que pensa verdadeiramente Madame de T. e é antes de tudo econômico quando fala dos próprios sentimentos e pensamentos. O mundo interior dos dois personagens permanece encoberto ou meio encoberto.

Quando, de manhã cedo, o marquês falou da frigidez de sua amante, o cavalheiro pôde rir furtivamente, pois ela acabara de lhe provar o contrário. Porém, além dessa certeza, ele não tem mais nenhuma outra. Será que aquilo que Madame de T. acaba de viver com ele faz parte da rotina dela ou foi uma aventura rara, talvez única? Seu coração teria sido tocado ou continua intacto? Teria sua noite de amor feito com que ela sentisse ciúme da condessa? Suas últimas palavras, com as quais ela a recomendou ao cavalheiro, teriam sido sinceras ou ditadas por uma simples necessidade de segurança? Será que a ausência do cavalheiro irá torná-la nostálgica, ou a deixará indiferente?

E quanto a ele: quando, de manhã, o marquês zombou dele, ele respondeu espirituosamente, conseguindo manter-se senhor da situação. Mas como teria verdadeiramente se sentido? E como se sentirá no momento em que deixar o castelo? Em que pensará? No prazer que sentiu ou em sua reputação de rapazinho ridículo? Sentir-se-á vencedor ou vencido? Feliz ou infeliz?

Em outras palavras: será que podemos viver no prazer e

para o prazer e sermos felizes? O ideal do hedonismo é realizável? Existe essa esperança? Será que existe ao menos um tênue vislumbre dessa esperança?

46

Está morto de cansaço. Tem vontade de se esticar na cama e dormir, mas não pode correr o risco de perder a hora. Tem que ir embora no máximo dentro de uma hora. Sentado na cadeira, põe o capacete de motociclista na cabeça achando que seu peso não o deixará cochilar. Mas ficar sentado com o capacete na cabeça e não poder dormir não faz nenhum sentido. Ele se levanta, decidido a ir embora.

A iminência da partida faz com que se lembre da imagem de Pontevin. Ah, Pontevin! Ele vai lhe fazer perguntas. O que deverá contar-lhe? Se lhe disser tudo que aconteceu, ele se divertirá, com certeza, e todo o grupo junto com ele. Pois é sempre engraçado quando um narrador desempenha um papel cômico em sua própria história. Ninguém, aliás, faz isso melhor do que Pontevin. Por exemplo, quando conta sua experiência com a datilógrafa que arrastou pelos cabelos porque a tinha confundido com uma outra. Mas cuidado! Pontevin é astucioso! Todo mundo pensa que seu relato cômico disfarça uma verdade bem mais lisonjeira. Os ouvintes invejam-lhe a moça que reclama de sua brutalidade e imaginam, ciumentos, uma bonita datilógrafa com a qual só Deus sabe o que ele fez. Ao contrário, se Vincent contar a história da cópula fingida à beira da piscina, todo mundo vai acreditar e rir dele e de seu fracasso. Ele anda de um lado para o outro no quarto e tenta corrigir um pouco sua história, modificá-la, acrescentar alguns detalhes. A primeira coisa a fazer é transformar o coito simulado em coito verdadeiro. Imagina as pessoas descendo para a piscina, espantadas e seduzidas pelo abraço amoroso deles; elas se despem às pressas, algumas olhando, outras imitando-os e, quando Vincent e Julie olham à sua volta e veem o desenrolar de uma fantástica cópula coletiva, com um senso requintado de encenação, eles se levantam, olham ainda por alguns segundos os casais que se divertem e depois, como demiurgos que se afastassem depois de criar o mundo, vão embora. Vão embora como se encontraram, cada um para um lado, para nunca mais se encontrarem.

Assim que essas terríveis últimas palavras "para nunca mais se encontrarem" passam por sua cabeça, seu membro acorda; e Vincent fica com vontade de bater com a cabeça na parede.

Isto que é curioso: enquanto inventava a cena da orgia, sua sinistra excitação se afastava; pelo contrário, quando evoca a verdadeira Julie ausente, fica de novo loucamente excitado. Agarra-se então à sua história da orgia, imaginando-a e repassando-a sem parar em sua cabeça: eles fazem amor, os casais chegam, olham para eles, despem-se e logo depois, em volta da piscina, só se vê a ondulação de uma cópula múltipla. Afinal, depois de várias repetições desse pequeno filme pornográfico, ele se sente melhor, seu membro torna-se mais razoável, quase calmo.

Imagina o café gascão, os amigos que o escutam. Pontevin, Machu exibindo seu sorriso sedutor de idiota, Goujard fazendo suas observações eruditas e os outros. À guisa de conclusão, dirá a eles:

"Meus amigos, trepei por vocês, todos os paus estavam presentes nessa suruba fantástica, fui representante de vocês, seu embaixador, seu deputado trepador, seu pau mercenário, fui um pau no plural!"

Anda pelo quarto e repete várias vezes a última frase em voz alta. Pau no plural, que achado magnífico! Depois (a excitação desagradável já desapareceu por completo), pega sua valise e vai embora.

47

Vera foi pagar a conta na recepção e eu desço com uma mala pequena para nosso carro estacionado no pátio. Lamentando que a vulgar Nona Sinfonia não tenha deixado minha mulher dormir e tenha apressado nossa partida desse lugar onde me sentia tão bem, lanço à minha volta um olhar nostálgico. A escadaria do castelo. Foi ali que o marido, cortês e glacial, apareceu para receber sua mulher acompanhada pelo jovem cavalheiro quando a carruagem parou naquele lugar no princípio da noite. É dali que, umas dez horas mais tarde, sai o cavalheiro, agora sozinho, sem ninguém para acompanhá-lo. Depois que a porta do apartamento de Madame de T. fechou-se atrás dele, escutou o riso do marquês ao qual juntou-se logo um outro riso, feminino. Durante um segundo, ele diminuiu o passo: por que estão rindo? Será que estão caçoando dele? Depois, não consegue ouvir mais nada e dirige-se sem demora para a saída; entretanto, em sua alma continua a ouvir esse riso; não consegue se livrar dele e, de fato, nunca mais conseguirá. Lembra-se da frase do marquês: "Não percebe todo o lado cômico de seu papel?". De manhã cedo, quando o marquês lhe fez essa pergunta maliciosa, ele não se abalou. Sabia que o marquês tinha sido corneado e pensava com alegria que ou Madame de T. estava em vias de deixar o marquês, e ele certamente tornaria a vê-la, ou ela quisera se vingar e ele provavelmente tornaria a vê-la (pois quem se vinga hoje irá se vingar também amanhã). Isso ele poderia ter pensado há apenas uma hora. Mas depois das últimas palavras de Madame de T., tudo ficou claro: a noite não teria sequência. Não haveria amanhã.

Ele sai do castelo na fria solidão matinal; pensa que nada restou para ele da noite que acabou de viver, nada além desse riso: a história vai circular e ele vai se tornar um personagem cômico. É notoriamente conhecido que nenhuma mulher sente atração por um homem cômico. Sem lhe pedir permissão, puseram-lhe um chapéu de palhaço na cabeça e ele não se sente suficientemente forte para usá-lo. Escuta em sua alma a voz da revolta que o convida a contar sua história, a contá-la como aconteceu, contá-la em voz alta e a todo mundo.

Mas sabe que não conseguirá. Tornar-se um cafajeste é ainda pior do que ser ridículo. Não pode trair Madame de T. e não vai traí-la.

48

É por uma outra porta, mais discreta, dando para a recepção, que Vincent sai para o pátio. Esforça-se o tempo todo para rememorar a história da suruba perto da piscina, não mais por seu aspecto pouco excitante (já está muito distante de qualquer tipo de excitação), mas para encobrir com ela a lembrança insuportavelmente dilacerante de Julie. Sabe que só a história inventada pode fazer com que ele esqueça o que realmente aconteceu. Tem vontade de contar o mais rápido possível e em voz alta essa história nova, de transformá-la numa fanfarra solene de clarins que tornará nula e não existente a miserável simulação de coito que fez com que perdesse Julie.

"Fui um pau no plural", repete mentalmente e, como resposta, ouve o riso cúmplice de Pontevin, vê o sorriso sedutor de Machu, que lhe dirá: "Você é um pau no plural e de agora em diante só vamos chamá-lo de Pau no Plural". Essa ideia lhe agrada e Vincent sorri.

Dirigindo-se para sua moto estacionada do outro lado do

pátio, vê um homem um pouco mais moço que ele, vestido com uma roupa de uma época distante, que vem em sua direção. Vincent, estupefato, fixa os olhos nele. Ah, a que ponto deve estar atordoado depois daquela noite maluca: não está em condições de explicar racionalmente aquela aparição. Seria um ator vestido com uma roupa histórica? Teria alguma coisa a ver talvez com aquela mulher da televisão? Teriam talvez filmado, no dia anterior, no castelo, um videoclipe publicitário? Mas, quando seus olhos se encontram, ele percebe no olhar do rapaz um espanto tão sincero que nenhum ator seria capaz de simular.

49

O jovem cavalheiro olha para o desconhecido. É sobretudo o capacete que chama sua atenção. Equipados com eles, há dois ou três séculos, os cavalheiros costumavam ir para a guerra. Mas não menos surpreendente que o capacete é a deselegância do homem. Uma calça comprida, larga, sem nenhuma forma, como apenas os camponeses muito pobres poderiam usar. Ou talvez os monges.

Sente-se cansado, exausto, no limite de suas forças. Talvez esteja dormindo, talvez sonhando ou talvez delirando. Finalmente, o homem chega bem perto dele, abre a boca e pronuncia uma frase que confirma seu espanto:

"Você é do século XVIII?"

A pergunta é curiosa, absurda, mas a maneira como o homem a pronuncia ainda é mais estranha, com uma entonação desconhecida, como se fosse um mensageiro vindo de um reino distante, que tivesse aprendido francês na corte sem conhecer a França. Foi essa entonação, essa pronúncia inacreditável, que fez o cavalheiro pensar que esse homem realmente viesse de outro tempo.

"Sou, e você?", pergunta ele.

"Eu? Do século XX." Depois acrescenta: "Do fim do século XX". E diz ainda: "Acabei de passar uma noite maravilhosa".

A frase impressionou o cavalheiro:

"Eu também", diz ele.

Imagina Madame de T. e sente-se de repente invadido por uma onda de gratidão. Meu Deus, como pôde dar tanta importância ao riso do marquês? Como se a coisa mais importante não fosse a beleza da noite que acabara de viver, a beleza que continua a conservá-lo numa tal embriaguez que vê fantasmas, confunde sonhos com realidade, sente-se transportado para fora do tempo.

E o homem de capacete, com sua entonação engraçada, repete:

"Acabei de passar uma noite absolutamente maravilhosa."

O cavalheiro balança a cabeça como se dissesse sim, eu o compreendo, amigo. Quem mais poderia compreendê-lo? Depois, pensa: tendo prometido ser discreto, nunca poderá contar a ninguém aquilo que viveu. Mas uma indiscrição depois de duzentos anos seria ainda uma indiscrição? Parece-lhe que o Deus dos libertinos enviou-lhe aquele homem para que lhe falasse; para que pudesse ser indiscreto mantendo ao mesmo tempo sua promessa de discrição; para que pudesse depositar um momento de sua vida em algum lugar do futuro; projetá-lo na eternidade, transformá-lo em glória.

"Você é realmente do século XX?"

"Sim, meu caro. Acontecem coisas extraordinárias neste século. A liberdade de costumes. Acabo de passar, repito, uma noite formidável."

"Eu também", diz mais uma vez o cavalheiro, e prepara-se para contar a sua.

"Uma noite curiosa, muito curiosa, inacreditável", repete o homem de capacete, que fixa sobre ele um olhar pesado de insistência.

O cavalheiro vê naquele olhar o desejo obstinado de falar. Alguma coisa o desagrada naquela obstinação. Compreende que aquela impaciência para falar significa ao mesmo tempo um implacável desinteresse em escutar. E, diante de toda aquela vontade de falar, o cavalheiro logo perde o prazer de dizer o que quer que seja e subitamente não vê mais nenhuma razão para prolongar o encontro.

Mais uma onda de cansaço lhe sobrevém. Passa a mão pelo rosto e sente o perfume de amor que Madame de T. deixou em seus dedos. Esse perfume o enche de nostalgia. Tem vontade de ficar sozinho em sua carruagem e começar a viagem lenta e sonhadora que o levará a Paris.

50

O homem de roupa antiga parece a Vincent muito moço e, portanto, quase obrigado a se interessar pelas confissões dos mais velhos. Quando Vincent lhe disse duas vezes "passei uma noite maravilhosa" e o outro respondeu "eu também", pensou notar no rosto dele uma curiosidade, mas depois, subitamente, inexplicavelmente, esta desapareceu, encoberta por uma indiferença quase arrogante. A atmosfera amistosa favorável a confidências mal durou um minuto, e se evaporou.

Olha para a roupa do rapaz com irritação. Quem é, afinal de contas, aquele palhaço? Os sapatos com broches de prata, a malha branca que lhe cobre as pernas e as nádegas, e todos aqueles indescritíveis jabôs, veludos, rendas que cobrem e enfeitam seu peito. Pega com dois dedos a fita amarrada em torno do pescoço e olha para ele com um sorriso que expressa uma admiração irônica.

A familiaridade desse gesto fez o homem de roupa antiga ficar com raiva. Seu rosto fica crispado de ódio. Balança sua mão direita como se quisesse dar um tapa no impertinente.

Vincent larga o laço e recua um passo. Depois de lançar-lhe um olhar de desprezo, o homem se vira e vai em direção à carruagem.

O desprezo que o outro lhe dirigiu faz Vincent mergulhar de novo em sua angústia. Sente-se subitamente fraco. Sabe que não saberá contar a ninguém a história da suruba. Não terá forças para mentir. Está muito triste para mentir. Só tem uma vontade: esquecer depressa essa noite, toda essa noite fracassada, apagá-la, anulá-la — nesse momento, sente uma sede insaciável de velocidade.

Com um passo determinado, apressa-se em direção à sua moto, enche-se de amor por sua moto, por sua moto na qual se esquecerá de tudo, na qual se esquecerá de si mesmo.

51

Vera vem se instalar no carro a meu lado.

"Olhe, ali", eu digo.

"Onde?"

"Lá! É Vincent! Você não o está reconhecendo?"

"Vincent? Aquele que está subindo na motocicleta?"

"É. Tenho medo que ande muito depressa. Tenho realmente medo por ele."

"Ele gosta muito de correr? Ele também?"

"Nem sempre. Mas hoje vai andar como um louco."

"Este castelo está mal-assombrado. Vai trazer azar para todo mundo. Por favor, vamos logo embora!"

"Espere um segundo."

Quero contemplar mais um pouco meu cavalheiro, que se dirige lentamente para a carruagem. Quero saborear o ritmo de seus passos: quanto mais avança, mais lentos eles são. Nessa lentidão, creio reconhecer uma marca de felicidade.

O cocheiro o cumprimenta; ele para, leva os dedos ao

nariz, depois sobe, senta-se, acomoda-se num canto, as pernas agradavelmente esticadas, a carruagem balança, logo irá cochilar, depois acordará e, durante todo esse tempo, procurará ficar o mais próximo possível daquela noite que, inexoravelmente, irá se misturar com a luz.

Sem amanhã.

Sem público.

Peço-lhe, amigo, seja feliz. Tenho a vaga impressão que da sua capacidade de ser feliz depende a nossa única esperança.

A carruagem desapareceu na neblina e eu dou a partida.

MILAN KUNDERA nasceu em Brno, na República Tcheca, em 1929, e emigrou para a França em 1975, onde vive como cidadão francês. Romancista e pensador de renome internacional, é autor, entre outras obras, de *A insustentável leveza do ser, A brincadeira, Risíveis amores, A ignorância, A cortina, O livro do riso e do esquecimento* e *A valsa dos adeuses,* publicadas no Brasil pela Companhia das Letras.

COMPANHIA DE BOLSO

Jorge AMADO
Capitães da Areia

Hannah ARENDT
Homens em tempos sombrios

Philippe ARIÈS, Roger CHARTIER (Orgs.)
História da vida privada 3 — Da Renascença ao Século das Luzes

Karen ARMSTRONG
Em nome de Deus
Uma história de Deus
Jerusalém

Paul AUSTER
O caderno vermelho

Marshall BERMAN
Tudo que é sólido desmancha no ar

Jean-Claude BERNARDET
Cinema brasileiro: propostas para uma história

David Eliot BRODY, Arnold R. BRODY
As sete maiores descobertas científicas da história

Bill BUFORD
Entre os vândalos

Jacob BURCKHARDT
A cultura do Renascimento na Itália

Peter BURKE
Cultura popular na Idade Moderna

Italo CALVINO
O barão nas árvores
O cavaleiro inexistente
Fábulas italianas
Um general na biblioteca
Por que ler os clássicos
O visconde partido ao meio

Elias CANETTI
O jogo dos olhos
A língua absolvida
Uma luz em meu ouvido

Bernardo CARVALHO
Nove noites

Jorge G. CASTAÑEDA
Che Guevara: a vida em vermelho

Ruy CASTRO
Chega de saudade
Mau humor

Louis-Ferdinand CÉLINE
Viagem ao fim da noite

Jung CHANG
Cisnes selvagens

Catherine CLÉMENT
A viagem de Théo

J. M. COETZEE
Infância

Joseph CONRAD
Coração das trevas
Nostromo

Alfred W. CROSBY
Imperialismo ecológico

Robert DARNTON
O beijo de Lamourette

Charles DARWIN
A expressão das emoções no homem e nos animais

Jean DELUMEAU
História do medo no Ocidente

Georges DUBY
História da vida privada 2 — Da Europa feudal à Renascença (Org.)
Idade Média, idade dos homens

Mário FAUSTINO
O homem e sua hora

Rubem FONSECA
Agosto
A grande arte

Meyer FRIEDMAN,
Gerald W. FRIEDLAND
As dez maiores descobertas da medicina

Jostein GAARDER
O dia do Curinga
Vita brevis

Jostein GAARDER, Victor HELLERN,
Henry NOTAKER
O livro das religiões

Fernando GABEIRA
O que é isso, companheiro?

Luiz Alfredo GARCIA-ROZA
O silêncio da chuva

Eduardo GIANNETTI
Autoengano
Vícios privados, benefícios públicos?

Edward GIBBON
Declínio e queda do Império Romano

Carlo GINZBURG
Os andarilhos do bem
O queijo e os vermes

Marcelo GLEISER
A dança do Universo

Tomás Antônio GONZAGA
Cartas chilenas

Philip GOUREVITCH
Gostaríamos de informá-lo de que amanhã
seremos mortos com nossas famílias

Milton HATOUM
Cinzas do Norte
Dois irmãos
Relato de um certo Oriente

Eric HOBSBAWM
O novo século

Albert HOURANI
Uma história dos povos árabes

Henry JAMES
Os espólios de Poynton
Retrato de uma senhora

Ismail KADARÉ
Abril despedaçado

Franz KAFKA
O castelo
O processo

John KEEGAN
Uma história da guerra

Amyr KLINK
Cem dias entre céu e mar

Jon KRAKAUER
No ar rarefeito

Milan KUNDERA
A arte do romance
A identidade
A insustentável leveza do ser
A lentidão
O livro do riso e do esquecimento
A valsa dos adeuses

Danuza LEÃO
Na sala com Danuza

Primo LEVI
A trégua

Paulo LINS
Cidade de Deus

Gilles LIPOVETSKY
O império do efêmero

Claudio MAGRIS
Danúbio

Naghib MAHFOUZ
Noites das mil e uma noites

Janet MALCOLM (JORNALISMO LITERÁRIO)
O jornalista e o assassino

Javier MARÍAS
Coração tão branco

Ian MCEWAN
O jardim de cimento

Heitor MEGALE (Org.)
A demanda do Santo Graal

Evaldo Cabral de MELLO
O negócio do Brasil
O nome e o sangue

Patrícia MELO
O matador

Luiz Alberto MENDES
Memórias de um sobrevivente

Jack MILES
Deus: uma biografia

Ana MIRANDA
Boca do Inferno

Vinicius de MORAES
Livro de sonetos
Antologia poética

Fernando MORAIS
Olga

Toni MORRISON
Jazz

Vladimir NABOKOV
Lolita

V. S. NAIPAUL
Uma casa para o sr. Biswas

Friedrich NIETZSCHE
Além do bem e do mal
Ecce homo
Genealogia da moral
Humano, demasiado humano
O nascimento da tragédia

Adauto NOVAES (Org.)
Ética
Os sentidos da paixão

Michael ONDAATJE
O paciente inglês

Malika OUFKIR, Michèle FITOUSSI
Eu, Malika Oufkir, prisioneira do rei

Amós OZ
A caixa-preta

José Paulo PAES (Org.)
Poesia erótica em tradução

Georges PEREC
A vida: modo de usar

Michelle PERROT (Org.)
História da vida privada 4 — Da Revolução Francesa à Primeira Guerra

Fernando PESSOA
Livro do desassossego
Poesia completa de Alberto Caeiro
Poesia completa de Álvaro de Campos
Poesia completa de Ricardo Reis

Ricardo PIGLIA
Respiração artificial

Décio PIGNATARI (Org.)
Retrato do amor quando jovem

Edgar Allan POE
Histórias extraordinárias

Antoine PROST, Gérard VINCENT (Orgs.)
História da vida privada 5 — Da Primeira Guerra a nossos dias

David REMNICK (JORNALISMO LITERÁRIO)
O rei do mundo

Darcy RIBEIRO
O povo brasileiro

Edward RICE
Sir Richard Francis Burton

João do RIO
A alma encantadora das ruas

Philip ROTH
Adeus, Columbus
O avesso da vida

Elizabeth ROUDINESCO
Jacques Lacan

Arundhati ROY
O deus das pequenas coisas

Murilo RUBIÃO
Murilo Rubião — Obra completa

Salman RUSHDIE
Haroun e o Mar de Histórias
Oriente, Ocidente
Os versos satânicos

Oliver SACKS
Um antropólogo em Marte
Vendo vozes

Carl SAGAN
Bilhões e bilhões
Contato
O mundo assombrado pelos demônios

Edward W. SAID
Orientalismo

José SARAMAGO
O Evangelho segundo Jesus Cristo
História do cerco de Lisboa
O homem duplicado
A jangada de pedra

Arthur SCHNITZLER
Breve romance de sonho

Moacyr SCLIAR
O centauro no jardim
A majestade do Xingu
A mulher que escreveu a Bíblia

Amartya SEN
Desenvolvimento como liberdade

Dava SOBEL
Longitude

Susan SONTAG
Doença como metáfora / AIDS e suas metáforas

Jean STAROBINSKI
Jean-Jacques Rousseau

I. F. STONE
O julgamento de Sócrates

Keith THOMAS
O homem e o mundo natural

Drauzio VARELLA
Estação Carandiru

John UPDIKE
As bruxas de Eastwick

Caetano VELOSO
Verdade tropical

Erico VERISSIMO
Clarissa
Incidente em Antares

Paul VEYNE (Org.)
História da vida privada 1 — Do Império Romano ao ano mil

XINRAN
As boas mulheres da China

Ian WATT
A ascensão do romance

Raymond WILLIAMS
O campo e a cidade

Edmund WILSON
Os manuscritos do mar Morto
Rumo à estação Finlândia

Simon WINCHESTER
O professor e o louco

1ª edição Companhia de Bolso [2011] 2 reimpressões

Esta obra foi composta pela Verba Editorial
em Janson Text e impressa pela Prol Editora Gráfica em ofsete
sobre papel Pólen Soft da Suzano Papel e Celulose

A marca FSC® é a garantia de que a madeira utilizada na fabricação do papel deste livro provém de florestas que foram gerenciadas de maneira ambientalmente correta, socialmente justa e economicamente viável, além de outras fontes de origem controlada.